I0769682

CHASE
Du bist mein Glück

The Billionaire Barons of Texas — Book One

CHRIS KENISTON

Indie House Publishing

Indie House Publishing

KAPITEL EINS

„Unser Großvater, ein Mann, der reicher ist als Bezos, hat angeboten, die Hochzeit zu bezahlen, und die zukünftige Mrs. Andrew Mason hat Nein gesagt?" Chase James Baron, Chef von Baron Enterprises und eingefleischter Junggeselle, stieß mit seinem Cognacglas mit seiner Schwester Eve an. „Je mehr ich über Nancy erfahre, desto mehr mag ich sie."

Nach den Vorstellungen ihres Großvaters, eines ehemaligen Marinesoldaten, der zum Politiker geworden war, sollte jedes seiner Enkelkinder sechs Kinder haben – so wie er und seine Frau es vor sechzig Jahren getan hatten. Andrews Mutter, Amanda Baron Mason, war die Jüngste und altersmäßig am nächsten an Chases Vater, Bradley Baron, dran. Bradley hatte sich die Zustimmung seines Vaters erworben, indem er jung und gut geheiratet hatte, obwohl er nur fünf statt der angeordneten sechs Kinder hatte. Zu Bradleys Unglück war die Scheidung von Chases Mutter und die drei darauffolgenden Ehefrauen nicht annähernd so gut bei dem stolzen ehemaligen Gouverneur angekommen. Auch wenn durch die Ehen zwei weitere Enkelkinder hinzugekommen waren.

Ihr Großvater war es offensichtlich leid, darauf zu warten, dass seine Enkelkinder die Tradition einer großen Familie fortsetzten. Zum Leidwesen des ehemaligen Gouverneurs James Earnest Baron war bisher jeder seiner Nachkommen bei der Suche nach einem Ehepartner und der Vergrößerung der Truppen – das war seine liebevolle Bezeichnung für seine Familie –kläglich gescheitert. Mit Ausnahme von Andrew, der von seiner neuen Braut in die Falle gelockt worden war.

Die Hochzeit von Andrew und Nancy hatte Chase nach Galveston geführt, um die erste, lang erwartete Hochzeit seiner Generation vorzubereiten. Er und seine Geschwister Craig, Mitch und Eve warteten an Bord der Jacht ihres Bruders Kyle – einem beliebten Treffpunkt der Familie – auf einen ruhigen Segeltörn entlang der Golfküste, bevor die bevorstehenden Feierlichkeiten und das anschließende Chaos begannen.

„Du wirst Nancy lieben", sagte seine Schwester Eve mit einem Lächeln. „Klug und frech. Perfekt für Andrew. Auch wenn der Gouverneur oft über ihre Dickköpfigkeit meckert, ich glaube, er mag sie wirklich."

„Wenn es bedeutet, endlich ein Urenkelkind zu haben, würde er Lucrezia Borgia in die Herde lassen." Chase hätte über seinen eigenen Witz gelacht, wenn er nicht glauben würde, dass er ein Körnchen Wahrheit enthielte. „Zumindest werden Andrew und Nancy den Druck von uns anderen Enkeln nehmen, uns fortzupflanzen."

Eve hätte beinahe ihren Brandy verschluckt. „Auf welchem Planeten lebst du denn? Wenn überhaupt, dann hat es den Gouverneur nur noch entschlossener gemacht, die Familientruppen zu verstärken. Oh, warte. Das ist richtig. Du versteckst dich in deiner Männerhöhle in Dallas. Du lebst nur für Baron Enterprises. Ich muss sagen, dass die Verlegung der Geschäfte in das Hochhaus in der Innenstadt, einschließlich einer Penthouse-Wohnung, ein erschwingliches Pendeln ermöglicht. Du brauchst nicht einmal das Gebäude zu verlassen. Niemals."

„Jetzt hörst du dich an wie der alte Herr!" Als Chase vor zehn Jahren zum ersten Mal mit den Plänen für die gemischte Nutzung des neuen Hauptsitzes aufgewartet hatte, war sein Großvater von der Idee begeistert gewesen. Chase und sein Cousin Devlin, Gründer einer der größten Immobilienfirmen des Landes, hatten jedes Detail ausgearbeitet, bevor sie es ihrem Großvater vorgelegt hatten. Das war lange bevor der Patriarch von der Fortpflanzung seiner Enkelkinder besessen gewesen war.

„Du wirst nie eine gute Frau kennenlernen, wenn du hinter deinem Schreibtisch lebst. Ausgewogenheit, mein Junge, Ausgewogenheit!", ahmte Chase seinen Großvater nach.

„Ein Mensch kann das Militär verlassen, aber es wird ihm immer in den Knochen stecken. Immer schön Druck machen!" Eve warf den Kopf zurück und stieß einen Seufzer aus. „Hast du gehört, was er mit Craig angestellt hat?"

„Auf Mitchs Benefizveranstaltung vergangenen Monat?"

Eve nickte. „Craig hat den Fehler begangen, dem Gouverneur zu sagen, dass er als Junggeselle zur Veranstaltung unseres lieben Bruders, des Senators, geht."

„Craig leitet eine große Produktionsfirma. Sicherlich wäre eine aufstrebende Schauspielerin mehr als glücklich gewesen, wenn ihre Fotos bei einem zehntausend Dollar teuren Abendessen für den Goldjungen des Senats über alle Medien verbreitet worden wären."

„Ich glaube, keiner von uns hat bemerkt, dass der Gouverneur den Einsatz erhöht hat. Wenn wir nicht selbst eine Begleitperson finden können, wird er eine für uns suchen."

„Und genau aus diesem Grund bringe ich meine eigene Begleiterin mit." Chase erhob sich und durchquerte den Salon der Jacht seines Bruders, um sich nachzuschenken. Die Van Kleins gehörten zu den spießigsten Familien im Gesellschaftsregister und hatten alle ihre Kinder bis auf eines verheiratet. Und nach dem, was er von Gwyneth gehört hatte, war sie aus gutem Grund eine alte Jungfer. „Ich frage mich, was sich der Gouverneur dabei gedacht hat, Craig die ganze Nacht mit Gwyneth Van Klein zu belästigen?"

Eve hob eine Augenbraue und schüttelte dann den Kopf. „Das Übliche. Solider Körperbau. Breite Hüften. Selbst in der heutigen Zeit hält der alte Herr Frauen immer noch für Zuchtstuten. Wahrscheinlich hat er Gwyneths Zahnunterlagen."

„Ich würde mir eher Sorgen machen, dass er deine hat." Kyle, der noch fehlende Bruder, trat durch die Tür. „Tut mir leid, dass ich zu spät bin. Meine Besprechung dauerte länger. Wie ich sehe, habt ihr euch bereits an den Erfrischungen bedient."

„Wir haben die Limonade ausgelassen und uns direkt an das harte Zeug gemacht." Eve lächelte ihn an.

„An meinen Napoleon-Brandy." Kyle lachte. „Anstrengende Woche?"

„Der Gouverneur hat mir gestern einen Vortrag über meine biologische Uhr gehalten. Und am Tag davor ..."

„Und heute Morgen", fügte Kyle hinzu, der sie mitfühlend ansah. „Tut mir leid, Schwesterherz."

„Daran bin ich gewöhnt. Es ist nicht so, dass ich keinen netten Typen kennenlernen möchte, aber es ist nicht einfach, wenn der eigene Nachname Baron lautet."

Leider wusste Chase genau, was sie meinte. Der Name Baron, dessen Familienvermögen allen bekannt war, war nur allzu verlockend für Heiratsschwindler. Er hatte das alles bereits erlebt und sogar seinen Hochzeitsanzug schon gekauft. Deshalb hatte er beschlossen, bevor er sich zur Hochzeit seiner Cousine nach Galveston begeben würde, den unerwünschten Bemühungen des ehemaligen Gouverneurs zuvorzukommen, für seine Nachkommen geeignete Partner zu finden. Chase leitete zwar keine große Filmproduktionsfirma, aber er hatte *Pretty Woman* gesehen. Er war zwar nicht so dumm, eine Prostituierte zu engagieren, um den Verkupplungsversuchen seines Großvaters entgegenzuwirken, aber Chase würde durchaus eine gute Schauspielerin anheuern, um die Aufmerksamkeit ihres Großvaters von sich wegzulenken.

Der Plan war nicht übel. Rein geschäftlich. Keine Gefühle. Keine Heiratsschwindler. Und das Beste von allem: keine Komplikationen.

„Du wirst dafür bezahlt, die nächsten sieben Tage mit einem Mann zu verbringen?" C.J. Lawsons Kopf drohte zu explodieren angesichts des verrückten Plans ihrer Schwester.

„Ja und nein." Bev zuckte mit den Schultern.

C.J. starrte ihre jüngere Schwester so an, wie sie einen unerfahrenen Rekruten anstarren würde. Dann nutzte sie ihre jahrelange militärische Disziplin, um Bev nicht ins Gesicht zu schreien. „Du weißt aber schon, dass diese beiden Antworten nicht zusammenpassen, oder?"

„Ja, für fünftausend Dollar jetzt und fünftausend am Ende der Woche werde ich dafür bezahlt, eine Woche mit Chase Baron zu verbringen, aber nein, nicht *mit* ihm."

„Weißt du schon, wo du wohnen wirst?"

„Im Galveston.“

C.J. unterließ es, die Augen angesichts ihrer naiven Schwester zu verdrehen. „In einem Hotel?“

Bev kaute an ihrer Unterlippe und zögerte ein paar Minuten. „Vielleicht. Vielleicht hat er auch ein Boot erwähnt.“

„Okay.“ Wer hätte gedacht, dass es einfacher wäre, mit Grünschnäbeln, die gerade beim Militär angekommen waren, zurechtzukommen, als ihre blauäugige Schwester zur Vernunft zu bringen? „Vielleicht in einem Hotel oder auf einem Boot, aber auf jeden Fall in getrennten Zimmern?“

„Oh.“ Bev hörte auf, Kleidung in ihren Koffer zu werfen. „Danach habe ich gar nicht gefragt.“

O Himmel! Noch nie hatte sich C.J. so sehr gewünscht, dass Bev ein paar weniger Schönheitsgene und nur ein klitzekleines bisschen mehr Verstand mitbekommen hätte. Mit einer Größe von 1,70 Metern und einem Gewicht von 55 Kilogramm, einem Taillenumfang von 24 Zentimetern und Augen, die den Farbton des azurblauen Himmels hatten, erinnerte Bev an Marilyn Monroe, Judy Holiday und weitere talentierte Frauen, die mehr Sex-Appeal als Intelligenz besessen hatten. „Wie konntest du vergessen zu fragen, ob ihr in getrennten Zimmern schlafen werdet?“

„Für zehntausend Dollar ist es mir egal, ob er mich auf dem Dach schlafen lässt.“

„Oder in seinem Bett?“

Mit dem Pullover in der Hand erstarrte Bev und sah zu ihrer Schwester auf. „Das war nicht Teil unserer Abmachung.“

C.J. wollte gerade fragen: „Welcher Abmachung?“, da ihre Schwester keine anderen Argumente zu haben schien als ein Gehalt von zehntausend Dollar in einer Woche und die Verarschung eines alten Mannes. Da bemerkte C.J. plötzlich, dass Bev einen Pullover in

Händen hielt. „Warum packst du für Galveston Kleidung für kaltes Wetter ein?"

„Oh, das wollte ich gerade erklären."

Das Glitzern in Bevs Augen war nie ein gutes Zeichen gewesen. Als Kind hätte es alles Mögliche bedeuten können – etwa, einer unwilligen Katze das Schwimmen beibringen zu wollen bis hin zu selbstgemachtem Haarfärbemittel. Keines davon hatte zu herausragenden Ergebnissen geführt. „Dann erkläre es mir! Noch einmal."

„Okay." Bev warf sich ihr langes blondes Haar hinter die Schulter und atmete tief ein. „Chases Cousin heiratet in acht Tagen. Es handelt sich um eine große Familienhochzeit. Alle Geschwister, Cousins und Cousinen, Tanten und Onkel werden da sein. Sogar seine Mutter, die praktisch eine Einsiedlerin irgendwo in Europa ist, überquert anlässlich der Hochzeit ihres Lieblingsneffen den großen Teich."

C.J. nickte und ermutigte ihre Schwester dadurch, endlich zu dem Teil des Plans zu kommen, den sie noch nicht erwähnt hatte.

„Chase hat also diesen Großvater ...“

„Ja", witzelte C.J. etwas ungeduldig. „Das hast du bereits erwähnt. Er will alle seine Enkelkinder verheiratet sehen. Den Teil habe ich schon verstanden."

„Also, der Gouverneur ...“

„Der Gouverneur?"

„Ja, genau, das ist der Großvater. Der ehemalige Gouverneur von Texas, obwohl ich glaube, dass das schon viele Jahre her ist. Und davor war er bei den Marines."

„*Ist*", warf C.J. ein ohne nachzudenken.

„Oh, ja." Bev seufzte und zitierte: „*Einmal ein Marine, immer ein Marine.*"

„Richtig." C.J. nickte wieder und bedauerte, dass sie die Geschichte ihrer Schwester unterbrochen hatte.

„Um zu vermeiden, dass der Großvater Chase auf der Hochzeit seines Cousins schikaniert, nervt, anrempelt und ein Familiendrama anzettelt, wurde ich als sein Date engagiert. Wie in *Pretty Woman*."

„Du erinnerst dich doch, dass sie eine Nutte war?"

„Julia Roberts?"

Gott, C.J. liebte ihre Schwester. Das tat sie wirklich. Aber diese Frau hatte C.J.s Geduld von dem Tag an auf die Probe gestellt, als ihre Eltern Bev aus dem Krankenhaus nach Hause gebracht hatten. „Vivian, die Figur in dem Film. Vivian war eine Nutte."

„Oh, ja. Wie auch immer. Er hat mir 10.000 angeboten, um mit ihm auszugehen." Bev hielt inne, biss sich wieder auf die Unterlippe, hob dann den Kopf und blickte nachdenklich zur Decke. „Vielleicht war es *Freundin*." Lächelnd nickte sie. „Das war es! Seine *Freundin* für eine Woche."

„*Freundin*." C.J. hasste es, dass ihre Stimme weinerlich klang. Sie hasste Menschen, die so klangen. „Und du hast nicht danach gefragt, wo du schlafen wirst?" Warum hatte Bev nicht etwas Normales werden können, wie etwa Kosmetikerin oder Empfangsdame? Warum war sie Schauspielerin geworden? „Ist doch egal! Können wir wieder über die Klamotten sprechen?"

„Oh. Richtig." Bev wurde hellhörig. „Heute Morgen erhielt ich einen Anruf von meiner Freundin Gloria. Du erinnerst dich doch an Gloria?"

C.J. nickte. Sie hatte keine Ahnung, wer zum Teufel Gloria war, aber sie hatte nicht die Absicht, dieses Gespräch in ein weiteres Kaninchenloch abdriften zu lassen.

„Gloria hat eine kleine Rolle in dem neuen Film von John Cipro bekommen. Es ist eine Nebenrolle, aber sie brauchen eine Menge Statisten, weil sie mitten im Nirgendwo drehen, und sie hat mich auf die Liste der

Statisten gesetzt! Wenn ich ihnen gefalle, darf ich vielleicht sogar etwas sagen." Bev hüpfte vor Freude beinahe auf der Stelle.

„Wenigstens ist das ein seriöser Auftrag. Wann beginnen die Dreharbeiten?"

„Am Montag."

„An diesem Montag?" Jetzt war C.J. wirklich verwirrt.

„Ja. In Kanada, wo es kalt ist."

Das erklärte zumindest den Pullover. „Also, warum führen wir dieses Gespräch, wenn du den Job in Galveston gar nicht annimmst?"

„Weil *du* ihn annehmen wirst."

KAPITEL ZWEI

„**B**ringst du wirklich eine Schauspielerin zu einem Familienessen der Barons mit?"

Mit einem lässigen Schulterzucken drehte sich Chase zur seiner Schwester. „Wer wäre besser?"

„Oh, ich weiß es nicht. Vielleicht ein richtiges Date?" Eve warf ihrem ältesten Bruder einen kühlen Blick zu.

„Und genau das ist es. Allerdings ein Date ohne Bedingungen oder Komplikationen."

Kyle schenkte sich einen Drink ein und schüttelte nur den Kopf über Chase. „Du kannst unseren Großvater nicht täuschen. Und selbst, wenn er glauben sollte, dass du wirklich mit ihr ausgehst, wird er dir statt mit Verabredungen mit Heiraten und Babys in den Ohren liegen."

„Vielleicht, aber wahrscheinlicher ist", Chase hob sein Glas, um die honigfarbene Flüssigkeit darin zu betrachten, „dass er sich auf eines seiner anderen ledigen Enkelkinder konzentrieren wird. So oder so ist es ein Risiko, das ich bereit bin einzugehen."

„Schade, dass ich nicht selbst auf so etwas gekommen bin." Craig prostete Chase zu. „Das hätte mir sicherlich diese unerträgliche Nacht mit Gwyneth erspart."

„Kommt schon, Leute!" Eve runzelte die Stirn. „Sie ist vielleicht ein bisschen unscheinbar, aber *so* schlimm ist sie nun auch wieder nicht."

Alle außer Mitch drehten den Kopf herum.

„Unscheinbar?", murmelte Chase.

„Okay, sie ist also kein Hingucker", räumte Eve ein.

„Oder eine gute Gesprächspartnerin", ergänzte Craig. „Ich möchte nicht wie ein Arsch klingen und finde, eine Frau muss nicht wie ein Filmstar aussehen, um meine Aufmerksamkeit zu erregen. Und über ihren viktorianischen Modegeschmack mit Kragen bis unters Kinn, Ärmeln bis zu den Fingerknöcheln und dunklen Farben, die eher zu einer Beerdigung passen, kann ich sicherlich hinwegsehen. Aber es könnte nicht schaden, wenn sie einen Beitrag zu einem Gespräch leistet. Verdammt, ich wäre schon mit weniger als zehn Worten zufrieden gewesen!"

Mitch, derjenige Bruder, der in die politischen Fußstapfen des Gouverneurs trat und der Einzige, der nicht auf Eves Bemerkung reagiert hatte, erhob sich. „Sei nicht so streng mit Gwyneth! Mit Prudence Van Klein als Mutter aufzuwachsen, kann nicht gerade angenehm gewesen sein. Soweit ich mich erinnere, hat sie schon als Kind große Menschenmengen gehasst."

„Das stimmt." Kyle schnippte mit den Fingern. „Warst du nicht ihr Begleiter bei ihrem Debütantinnenball vor hundert Jahren?"

Mitch nickte. „Sie hat bis zum Ende des Abends kein Wort zu mir gesagt, bis auf *Dankeschön*. Aber ich erinnere mich, dass ihre Augen mehr zu sagen schienen."

Chase fiel auf, wie sein Bruder Mitch aus dem Fenster blickte, als wäre er an einen anderen Ort und in eine andere Zeit versetzt worden. Vor zwei Jahren war seine Frau bei einem Autounfall ums Leben gekommen. Seitdem schien Mitch, wenn er nicht gerade vor einem Podium oder einer Kamera stand, immer irgendwo anders zu sein. „Kuriose Begegnungen wie diese machen meine Idee für diese Hochzeitsfeier zu einem perfekten Plan", fuhr Chase fort. „Ich muss mir keine Sorgen machen, dass sich ein echtes Date in das Anwesen, das Geld und die anderen Vorteile verliebt und sich einen Plan ausdenkt, um in meiner Welt zu bleiben. Nein, danke." Das hatten sie alle schon einmal erlebt, und Chase waren die finanziell versorgten jungen Damen ausgegangen, die er seiner Familie hätte präsentieren können.

„Wo hast du diese Frau nur gefunden?", fragte Eve.

„Beim Laientheater. Ich kam früher als erwartet in Galveston an. Als ich erfuhr, dass Andrew und Nancy sich eine Vorstellung im neuen Theater ansehen wollen, schloss ich mich ihnen an. Da kam mir die Idee und ich sprach Bev nach der Vorstellung darauf an. Sie stimmte beim Abendessen zu."

„Ich weiß nicht so recht..." Craig legte seinen Fußknöchel auf sein Knie.

„Egal, was Mitch denkt, ich gebe dem Gouverneur nicht die Gelegenheit, mir ein Hochzeits-Date wie Gwyneth Van Klein aufzuzwingen." Chase behielt den Hafen im Auge, während der Kapitän das Kajütboot in die Anlegestelle steuerte. „Was ist mit dir?" Er deutete mit dem Kinn auf seine Schwester.

„Jack Preston."

„Mein Kumpel?" Kyle hob die Brauen, sodass diese ein V bildeten. „Vom College?"

Eve nickte. „Er war aufgrund einer Konferenz in der Stadt und wir sind uns zufällig begegnet."

Chase beugte sich vor. Er kannte den Namen. Jack war nicht nur ein Freund aus der Burschenschaft seines Bruders, er war auch dessen ständiger Begleiter bei diversen Partys. Warum hatte Chase nicht davon gehört? „Ist es etwas Ernstes?"

„Ja klar", kommentierte Kyle spöttisch.

„Nein, ist es nicht." Eve schüttelte den Kopf.

„Und wie ist es dann?"

„Wir sind nur Freunde mit ähnlich gut gefüllten Bankkonten."

„Ah." Erleichtert lehnte sich Chase gegen seine Lehne. „Blutegel-Abwehrmittel."

„Oh, ich hasse es, wenn du das sagst!" Eve stellte ihr Glas auf den Tisch. „Wann ist dein Date hier?"

„Bald. Sie isst mit uns zu Abend." Zum Baron-Besitz gehörten die Hotels von Baron Enterprises auf der ganzen Welt, einschließlich des ultraprivaten Galveston Seaside Resorts und Golfclubs.

„Ich habe für uns alle einen Tisch auf der Veranda reserviert", sagte Kyle. „So kann jeder ein wenig Zeit mit Andrew und Nancy verbringen, bevor der Rest des Clans eintrudelt, und auch Chases Verabredung besser kennenlernen, bevor der Gouverneur morgen eintrifft."

„Klingt nach einem guten Plan." Chase stand mit seinen Geschwistern auf. Das Kajütboot der Jacht hatte angelegt, und er wollte unbedingt aufbrechen. Vor allem aber wollte er das künftige Mitglied des Baron-Clans – Nancy – besser kennenlernen. Abgesehen von einem kurzen Flug zu Andrews Geburtstag im vergangenen Monat hatten sie kaum persönlich miteinander gesprochen. Jedes Mal, wenn er sich auf der Familienranch nördlich von Houston zum regelmäßig stattfindenden Sonntagsessen des Gouverneurs hatte einfinden wollen, an dem auch Andrew und Nancy teilgenommen hatten, war irgendeine Krise aufgetreten, mit der nur Chase hatte umgehen können, und hatte ihn abgehalten. Diesmal hatte er sich geschworen, dass er die Hochzeit seines Cousins nicht verpassen würde, selbst wenn die Welt aus den Fugen geraten sollte. „Besteht die Möglichkeit, dass du mich deinen kleinen Aston fahren lässt?"

Kyle schüttelte mehrmals den Kopf. „Nie im Leben."

„Komm schon! Wer hat dir das Fahren beigebracht?"

„Genau *das*", Kyle hob einen Finger in die Luft,
„ist der Grund, warum du den Aston nicht fährst."

Wenige Minuten später hielten ihre Autos vor dem
Gulf Shores Resort and Golf Club. Obwohl das Hotel
etwas abgelegen war und nur eine sehr kleine,
exklusive Klientel bediente, hatten sowohl dieses als
auch das Restaurant einen Fünf-Sterne-Ruf. Chase
hatte sich darauf gefreut, sich zu entspannen und
Energie zu tanken. Ein weiterer Grund, warum er sich
entschieden hatte, seine Begleiterin für diese Woche zu
engagieren. Eine Frau zufriedenzustellen, bedeutete
mehr Aufwand als die Leitung eines Fortune-500-
Unternehmens. Und es war ohne Frage auch
anstrengender.

„Siehst du sie?", fragte Eve und ließ den Blick über
die Menge in dem kleinen Restaurant schweifen.

„Nein. Aber es ist noch nicht Punkt sieben."

„Willkommen!" Der Küchenchef eilte aus der
Küche, um Kyle und die anderen zu begrüßen. „Es ist
uns immer eine Freude, Sie bei uns zu Gast zu haben,
Mr. Baron. Speziell für Sie haben wir heute Abend
Hummer Thermidor auf die Speisekarte gesetzt."

„Hervorragend!"

„Carolyn wird Sie zu Ihrem Lieblingsplatz auf der
Veranda begleiten."

Mit einem Blick auf die Umgebung folgte Chase
dem Chefkoch und achtete nicht darauf, was der
Küchenchef für den heutigen Abend zu bieten hatte.
Mehr als einmal hatte Kyle von der Perfektion der
Neugestaltung des Resorts und der Qualität des
Restaurants geschwärmt. Sein Bruder hatte nicht
übertrieben. Das gesamte Resort würde problemlos auf
eine von Chases Lieblingsinseln passen. Sandstrände,
rauschendes Wasser und, wenn er auf der Suche nach

einer Frau wäre, wunderschöne, spärlich bekleidete weibliche Wesen. Schade, dass diese Woche so unkompliziert sein sollte. Beverly Lawson war definitiv ein Hingucker. Genau die Zuckerpuppe, mit der sein Großvater seine Enkel sehen wollte. Aber glücklicherweise keine, die Chase je heiraten würde. Wenn Beverly ihren Job allerdings gut machte, würde der Gouverneur das hoffentlich erst nach dem Empfang und Chases Rückflug nach Dallas herausfinden.

Die hohen Anforderungen, die der Gouverneur an die Mitglieder des Baron-Clans stellte, machten die Liste der potenziellen Ehepartner schnell kürzer. Lila, Chases Großmutter, war die Tochter eines Generals gewesen. Der Gouverneur behauptete, er habe sich in dem Moment in sie verliebt, als sie den Raum an der Seite ihres Vaters betreten hatte. Lila Barons Familie mütterlicherseits hatte ihre Wurzeln im texanischen Ranchland. Die Kombination aus Militär und Ranchleben hatte ihre Großmutter an harte Arbeit und strenge Disziplin gewöhnt. Als Frau, die mit geschlossenen Augen mit einem Kalb rangeln oder ein Staatsbankett ausrichten konnte, hatte seine Grandma den Standard gesetzt, dem jeder Baron-Nachkomme bei der Partnersuche folgen sollte. Eine Aufgabe, an der Chases Vater, der jüngste der Söhne des Gouverneurs, dreimal gescheitert war. Das vierte Mal stand noch nicht fest.

Der Gouverneur war ursprünglich mit Millicent Bainbridge Baron, Chases Mutter, einverstanden gewesen, zumindest mit ihrer Abstammung. Doch nachdem sie Chases Vater vier gesunde Söhne und eine Tochter geboren hatte, hatte sich seine Mutter als emotional unfähig erwiesen, die militärische Härte des Gouverneurs und die Vorliebe ihres Mannes für die Jagd auf Frauen zu ertragen. Als Eve, der jüngste Spross aus seiner Ehe mit Millicent, in die Schule gekommen war, war ihr Vater bereits zu Frau Nummer zwei übergegangen. Es hatte nicht lange gedauert, bis Frau Nummer drei eine Ehe mit ihm eingegangen war. Inzwischen war Millicent zu einer gesellschaftlichen Einsiedlerin geworden. Als Eve die Highschool abgeschlossen hatte, hatte es ihrer Mutter schließlich gereicht. Sie hatte all ihre Schätze zusammengepackt, das stattliche Haus, das ihr bei der sehr unschönen Baron-Scheidung hinterlassen worden war, verkauft und sich ein Jahr lang in ihrem Lieblings-Sommerhaus auf dem belgischen Land verschanzt.

Chase schaute auf seine Apple-Uhr und hoffte, dass Beverly nicht zu den Frauen gehörte, die einen Mann warten lassen wollten. Angesichts dessen, was sie ihn kostete, war ihr hoffentlich klar, dass er mit 19:00 Uhr nicht 19:05 Uhr gemeint hatte.

„Entschuldigen Sie, Sir." Die hübsche junge Hostess schob sich unbeholfen zwischen ihn und Kyle. „Eine Frau fragt nach Mr. Chase Baron."

Punkt 19.00 Uhr. Das würde eine entspannte Woche werden. „Das wäre dann ich." Chase richtete sich auf und ging in den Hauptbereich des Restaurants. Beverly mochte zwar für ihre Dienste bezahlt werden, aber das bedeutete nicht, dass er Jahrzehnte guter Erziehung auf der Strecke lassen konnte. Ein Mann ließ eine Dame niemals allein herumstehen und warten. Nur war die einzige Person, die allein herumstand, nicht Beverly Lawson. Die Fremde war groß, hatte kinnlanges, braunes Haar und stand kerzengerade da. Ihr Gesichtsausdruck verriet ihm, dass sie alles andere als erfreut war, hier zu sein.

Jahrelanges Training sagte ihm, er solle sich umdrehen und das Personal die Sache regeln lassen, aber ein Gefühl tief in seinem Inneren trieb ihn auf die unglückliche Frau zu. „Ich bin Chase Baron."

KAPITEL DREI

C.J. musste ihren Verstand verloren haben. Die Vorstellung, sich als Date für einen Milliardär zu verdingen, war verrückt. Das Aschenputtel-Glück, von dem ihre Schwester so sehr schwärmte, gab es nur in Filmen. Bei C.J.s Glück würde sie an ein Bett gefesselt enden, wie in einer Folge von *Criminal Minds*. Eine kostbare Stunde lang hatten sie und ihre Schwester über genau diesen Punkt gestritten. Aber angesichts der hohen Schulden und der Aussicht auf eine teure Reise nach Kanada für Bev hatte C.J. schließlich zugestimmt, das zu tun, was sie ihr ganzes Leben lang getan hatte: ihrer Schwester aus der Patsche zu helfen. Schließlich war es für eine kampferfahrene Marinesoldatin besser, sich auf irgendeinen Verrückten einzulassen, als für ihre zartbesaitete Träumerin von Schwester. Da die meisten Kleidungsstücke in C.J.s Kleiderschrank in Tarnfarben gehalten waren, hatte sie eine weitere Stunde damit verbracht, ein erschwingliches Kleid auszusuchen, in dem sie sich nicht wie eine Barbiepuppe vorkam. Und diese lächerlichen Riemchensandalen mit Absätzen, zu denen die Verkäuferin sie überredet hatte.

Während sie im Foyer eines offensichtlich sehr teuren Restaurants stand, ignorierte C.J. das Kribbeln in ihrem Bauch, das sie vor einer drohenden Gefahr warnte. Stattdessen konzentrierte sie sich auf die junge Hostess, die ihr versichert hatte, Mr. Baron zu holen.

C.J. hielt sich selbst für gut vorbereitet, aber der Mann, der auf sie zukam, hatte förmlich *Ärger* auf seiner Stirn stehen. Und er war nicht die Sorte Mann, die sie erwartet hatte. Kastanienbraunes, kurz geschnittenes Haar schimmerte im Licht der Lampen. Seine zwischen dunkelblau und stahlgrau changierenden Augen konnten mit Sicherheit eine Schlange verzaubern. Aber seine breiten Schultern und sein muskulöser Körper ließen ihren Pulsschlag in die Höhe schnellen. Die Worte *Macht*, *Geld* und *römischer Gott* kamen ihr in den Sinn. Mit diesem Typen sollte sie also eine ganze Woche verbringen und einen auf süß und schüchtern machen.

Schüchtern oder *süß* gehörten nicht zu ihrem Wortschatz. Direkt nach ihrem Highschool-Abschluss war sie zum Rekrutierungsbüro gegangen und hatte auf der gepunkteten Linie unterschrieben. Schon früh hatte sie gelernt, was es bedeutete, zu den Jungs zu gehören. Sie konnte einen voll beladenen Rucksack durch einen acht Kilometer langen Sumpf tragen, jedes Mal genau ins Schwarze treffen, und doch waren zwei Meter auf fünf Zentimeter hohen Absätzen eine schier unüber-brückbare Distanz für sie. *Süß* und *schüchtern* waren definitiv nicht ihr Ding.

„Ich bin Chase Baron."

C.J. streckte eine Hand aus und bemühte sich, ein selbstbewusstes Lächeln aufzusetzen. „C.J. Lawson meldet sich zum Dienst." Was war das denn für ein bescheuerter Satz? „Ich bin dein Date."

Aus der Nähe leuchteten seine Augen in einem noch dunkleren Blaugrau. Sein Blick wanderte kurz über ihre Schulter und wieder zurück, bevor er ihre dargebotene Hand nahm. Sein Griff war fest, aber nicht schmerzhaft. Sie würde den Beschreibungen, die ihr bereits im Kopf herumschwirrten, noch *selbstbewusst* hinzufügen müssen.

Chase musterte sie von Kopf bis Fuß und wieder zurück. „Ich fürchte, da liegt ein Irrtum vor."

„Es ist kein Irrtum." Der Drang, sich unter seinem eindringlichen Blick zu winden, ließ sie fast auf der Stelle treten. Er hätte einen guten Drill-Sergeant abgegeben, aber wenn Mr. Baron ein Spiel mit Blicken spielen wollte, konnte sie locker mithalten.

Ein Paar mit zwei Teenagern kam zur Eingangstür herein und durchbrach den Bann der Stille. Ohne eine Sekunde zu zögern, umfasste Chase ihren Arm, führte sie durch das geräumige Foyer und durch die Seitentür hinaus. Er blieb nicht stehen, bis er eine entfernte Ecke des Stranddecks erreicht hatte. „Wo ist Beverly?"

„Auf dem Weg nach Kanada."

Nur das kurze Anspannen seines Kiefers verriet einen Anflug von leichter Wut. Chase war eine coole Socke. „Und Sie sind?"

„Ihre Schwester. Bev hat mir erzählt, dass Sie jemanden benötigen, der so tut, als wäre sie Ihr Date für eine Hochzeit. Ich kann das übernehmen."

„Sind Sie Schauspielerin?"

C.J. schüttelte den Kopf. „Ich bin … zurzeit auf Jobsuche." Das war zwar nicht die ganze Wahrheit, aber auch keine Lüge.

Chase atmete schwer aus. „Wie viel hat Ihnen Ihre Schwester erzählt?"

Nicht annähernd genug. „Dass Sie möchten, dass Ihr Großvater glaubt, Sie hätten eine Beziehung."

Wieder sah er sie eindringlich an. Nur für den Bruchteil einer Sekunde wandte er den Blick ab, um das Geschehen um sie herum zu erfassen, aber sie konnte schwören, dass er genau wusste, was überall vor sich ging, bis ins kleinste Detail.

„Chase." Ein weiterer großer, gut aussehender Mann, der eindeutig aus demselben Holz geschnitzt war, trat neben ihn. „Eve hat gerade mit Grandma telefoniert. Die Limousine ist vor ein paar Minuten auf die Uferpromenade abgebogen. Sie werden jeden Moment hier sein."

„Danke." Nur ein leichtes Zucken seines Kiefers verriet seinen Unmut über diese Nachricht.

Der Chase-Klon streckte ihr eine Hand entgegen. „Ich bin Kyle Baron. Sie müssen die neue Begleiterin meines großen Bruders sein." Er zwinkerte ihr verschwörerisch zu. „Freut mich, Sie kennenzulernen."

„Mich auch. C.J. Lawson." Ein weiterer fester Händedruck. Mit diesen Typen war nicht zu spaßen.

Kyle lächelte und nickte seinem Bruder zu. „Nicht das, was ich erwartet habe. Aber ich glaube, so schaffst du das auf jeden Fall." Ohne auf eine Antwort von Chase zu warten, machte Kyle auf dem Absatz kehrt und verschwand um die Ecke.

„Nun, C.J.", Chase drehte sich zu ihr um, „Sie sind angeheuert."

An manchen Tagen fragte sich Chase, ob das einzige Vergnügen seines Großvaters darin bestand, seine Enkelkinder zu quälen. Der Gouverneur war ein wandelndes Poster für *Einmal ein Marine, immer ein Marine*. Alles, was seine Familie hart und auf Trab hielt, passte perfekt in seine Pläne. Aber seine frühe Ankunft ließ Chase keine Zeit, genug über diese Frau zu erfahren, um sich richtig vorzubereiten. Mit Bev hatte er wenigstens ein bisschen geredet und eine glaubwürdige Geschichte, wie sie sich kennengelernt hatten. Bei C.J. würde er sich eine unverhoffte Begegnung ausdenken müssen, die sie sich beide würden merken müssen. Die besten Täuschungen basierten auf Wahrheiten. Reine Erfindungen führten nur allzu leicht zu Problemen.

„Macht er das oft?“, fragte C.J. und unterbrach seine Gedanken.

„Der Gouverneur, ja. Und wir haben nicht viel Zeit. Lassen Sie uns die Vorstellung meiner restlichen Geschwister hinter uns bringen, bevor mein Großvater kommt. Wir werden die Hintergrundgeschichte später ausarbeiten.“

„Ich nehme an, sie wissen, was vor sich geht?“

„Natürlich. Wir werden das Abendessen überbrücken müssen. Ich werde mir eine Ausrede einfallen lassen, um früher zu verschwinden, bevor der Gouverneur Gelegenheit hat, Sie zu verhören.“

„Ich kann mich gut behaupten.“

Sie stand kerzengerade da und reckte das Kinn in die Höhe, und er erkannte, dass das, was er für Nervosität gehalten hatte, reine Entschlossenheit war. Beinahe musste er lächeln. Sein Großvater schätzte Entschlossenheit sehr, aber Chases Geschäftssinn erinnerte ihn daran, dass dies nur Schein war. Auf lange Sicht war es gleichgültig, was sein Großvater dachte. Chase legte eine Hand auf ihren unteren Rücken, ignorierte, wie sie sich versteifte, und schob sie sanft vorwärts.

Seine Brüder standen auf, um C.J. zu begrüßen.

„Hallo, ich bin Craig.“

„Und ich bin Mitch.“

Kyle lächelte lediglich.

„Freut mich, Sie kennenzulernen.“ Sie nickte.

„Wir sollten das ein wenig vorantreiben“, unterbrach Chase. „Ihr müsst uns heute Abend den Rücken freihalten. Da wir nun doch nicht mehr vierundzwanzig Stunden Zeit haben, muss ich C.J. auf die Schnelle vorbereiten.“

Mitch verdrehte die Augen, als das rhythmische Klacken des Stocks des Gouverneurs durch das

Restaurant hallte.

Chase beugte sich zu seiner Begleiterin und flüsterte ihr ins Ohr: „Die dort zu meiner Großmutter eilt, ist meine Schwester Eve. Das Nesthäkchen."

C.J.s Blick blieb auf Eve gerichtet, die ihre Großmutter umarmte. „Ich schätze, deine Schwester sieht das anders."

Es dauerte ein paar Sekunden, bis Chase C.J.s Worte verstand. Eve war für ihn auch nach der Geburt seiner Halbschwestern immer noch das Nesthäkchen geblieben. „Das stimmt, das ist sie wohl nicht mehr."

„Wo ist die Frau, die endlich eines meiner Enkelkinder in die Fänge gekriegt hat?", brüllte der Gouverneur.

„Ich bin hier." Eine Frau eilte über die Veranda. „Tut mir leid, dass ich zu spät bin."

Andrew drückte seine Verlobte an sich und flüsterte ihr ein paar Worte ins Ohr, die nur sie hören sollte. Nancy lächelte und nickte, und für den Bruchteil einer Sekunde spürte Chase einen Anflug von Neid angesichts dieser Frau, die seinen Cousin und nicht dessen Geld so liebevoll ansah.

„Unpünktlichkeit ist keine Tugend." Der General starrte Nancy an.

Diese hob das Kinn, straffte die Schultern und lächelte sanft. „Stimmt, aber die Gesundheit meiner Großmutter lässt nach. Die Familie hat immer Vorrang."

Der Gouverneur starrte sie noch eine Minute lang an, bevor er nickend erwiderte: „Verstanden."

Gleichzeitig stießen alle Baron-Geschwister ihren angehaltenen Atem aus. Chase wollte seinem Cousin auf die Schulter klopfen und sich vor seiner zukünftigen Schwiegercousine verbeugen. Der winzige Anflug von Neid wurde stärker. Hoffentlich gab es irgendwo auf diesem Planeten auch für ihn eine Frau, die ihn um seiner selbst willen liebte und sich unter dem Regiment der Baron-Dynastie würde behaupten können.

„Übrigens", der Gouverneur wartete, bis Nancy und seine Frau Platz genommen hatten, um zu sprechen, „habe ich noch ein paar Leute zur Hochzeit eingeladen. In letzter Minute. Ich hoffe, es macht euch nichts aus."

Nancys Augen blitzten überrascht auf, aber ihr Gesichtsausdruck blieb ruhig. „Ich bin sicher, wir bekommen noch weitere Leute unter."

„Gut." Der Gouverneur setzte sich. „Die Kessler-Schwestern werden sich uns anschließen. Ich dachte, es wäre schön, die Ältere neben Porter und die Jüngere neben", sein Blick wanderte zu Chase, dann zu C.J. und wieder zurück, „Colton zu setzen."

Nancy schaute zu Kyle, der die Augen verdrehte und Chase ansah.

Hatte er die Kurve gekriegt, oder was? C.J. hatte ihn gerade vor einer Woche mit einer weiteren Heirats-Kandidatin, die der Gouverneur für ihn ausgesucht hatte, bewahrt.

KAPITEL VIER

„Wieder ein wunderbares Abendessen!" Der Gouverneur zog den Stuhl für seine Frau heraus. „Der Fahrer wartet, und es ist ein langer Weg bis nach Hause."

C.J. lächelte zu dem älteren Paar hoch. Das Abendessen war viel besser verlaufen, als sie erwartet hatte. Champagner, Wein und Whisky waren in Strömen geflossen. Die Rechnung hätte gut und gerne ihrem Monatsgehalt entsprechen können. Garnelen, Hummer und erstklassige Steaks hatten als Hauptgerichte zur Wahl gestanden, sie aber hatte Huhn bestellt. Keiner hatte angesichts der Menge an Essen, die aus der Küche gekommen war, mit der Wimper gezuckt – oder angesichts der immer höher werdenden Rechnung.

„Bist du sicher, dass du heute Abend nicht lieber gleich im Resort einchecken möchtest?", fragte Chase seinen Großvater und stand vom Tisch auf.

„Ja", erwiderte der Gouverneur nickend. „Wir werden nach dem Familienessen in unsere Suite ziehen, um näher an den Feierlichkeiten zu sein."

Andrew folgte dem Beispiel seines Großvaters und zog den Stuhl für seine Verlobte heraus.

„Habt ihr bereits über ein Flitterwochen-Baby nachgedacht?"

„Gouverneur!", schalt Lila Baron ihren Mann sanft.

„Ja, Liebes." Die Diskussion über Nachwuchs-Pläne war hiermit beendet.

Sobald der Gouverneur und ihre Großmutter außer Sichtweite waren, klopfte Craig seinem ältesten Bruder auf die Schulter. „Sieht aus, als hättest du es geschafft."

„Mit eurer Hilfe." Chase blickte zu seiner Schwester und seinen Brüdern. „Eine Teamleistung der Barons."

„Wir haben gute Arbeit geleistet, indem wir die Aufmerksamkeit des Gouverneurs subtil abgelenkt haben." Eve trank den letzten Schluck ihres Weins, stellte das Glas auf den Tisch und legte sich den Riemen ihrer Handtasche über die Schulter. „Ich muss zugeben, dass es Spaß gemacht hat, dem alten Haudegen eins auszuwischen. Es war sogar ein bisschen aufregend."

„Ich bin nicht sicher, ob ich das verstehe." C.J. griff nach ihrer Handtasche. „Er scheint ein sehr charmanter alter Mann zu sein."

„Solange du tust, was er will", wandte Craig ein, „kann der Gouverneur mehr als charmant sein. Aber Gott bewahre, wenn du etwas nicht auf seine Art machst."

„Fünfzehn Gäste in letzter Minute." Nancy schüttelte den Kopf. „Und alle sollen auf die ledigen Familienmitglieder verteilt werden. Ich hoffe, die Hochzeitsplanerin bringt mich nicht um."

„Ich hab's euch ja gesagt", sagte Chase lachend, „der Mann ist auf einer Mission. Ihr Singles müsst vorausplanen oder euch darauf vorbereiten, direkt zum Altar gerollt zu werden."

„Und das, mein lieber Bruder", Craig machte eine übertriebene Verbeugung, „ist der Grund, warum du Baron Enterprises leitest. Du bist vielleicht der Einzige in der Familie, der dem alten Mann immer einen Schritt voraus ist."

Chase lachte über den Witz seines Bruders, während Mitch die Gruppe stumm beobachtete.

„Also", fuhr Craig fort, „jetzt, wo die Show vorbei ist, fahren wir zurück zur *Baroness* oder bleiben wir noch auf einen Drink hier?"

„Zur *Baroness*?" C.J. hatte während des gesamten Abends nur wenig gesagt. Sie hatte es faszinierend gefunden, den Gesprächen zu lauschen. Diese hatten von Politik bis zu Segelbooten, von denen die Familie offenbar mehrere besaß, gereicht. Aber sie hatte angenommen, alle Familienmitglieder würden hier im Resort wohnen.

„Kyles Jacht", antwortete Craig. „Die Geschwister verstecken sich dort für eine weitere Nacht vor der Realität, bevor sie ins Resort ziehen."

„Ich bin bereit, für heute Feierabend zu machen." Mitch verdrehte den Hals und lächelte schwach.

„Es wird eine lange Woche werden. Wir sehen uns dann dort!" Chase wandte sich an C.J. „Wo ist deine Tasche?"

„Tasche?"

„Dein Gepäck." Er zuckte mit den Schultern.

„Gepäck?"

Er kniff die Augen zusammen. „Warum wiederholst du alles, was ich sage?"

„Ich brauche weder eine Tasche noch Gepäck."

„Hast du vor, dieses Kleid die ganze Woche zu tragen?"

„Natürlich nicht."

„Worin transportierst du dann normalerweise deine Kleidung?"

In einem Seesack. „Warum sollte ich Kleidung transportieren?"

Mehrere Sekunden lang starrte Chase sie an, als hätte sie in einer fremden Sprache geredet. „Weil du mit mir auf der *Baroness* wohnst."

„Einen Scheiß werde ich!" Ihre Schwester war sich nicht sicher gewesen, was der Plan gewesen war, aber

C.J. war nicht ihre Schwester. „Ich sehe keinen Grund, warum ich nicht hin und her pendeln kann, wenn ich gebraucht werde."

„Die Abmachung mit deiner Schwester bestand darin, dass sie auf der *Baroness* wohnt, bis wir alle ins Resort umziehen."

„Ich wiederhole, ich sehe keinen Grund, warum ich nicht pendeln kann."

„Wenn du ein Problem damit hast, dich auf einem Boot aufzuhalten, kann ich dir versichern, dass es genauso stabil und bequem ist wie an Land."

„Ich habe kein Problem mit Wasser." Der Himmel wusste, dass sie schon mit jeder Art von Transportmittel zu Lande, zu Wasser und in der Luft gefahren war, die der Menschheit bekannt war. „Ich würde es vorziehen zu pendeln."

Chase fuhr sich mit einer Hand über den Nacken und ließ sie dann seufzend wieder fallen. „Das wird nicht funktionieren. Es wird schwieriger sein, den Gouverneur davon zu überzeugen, dass wir ein Paar sind, wenn er erfährt, dass du hier in Houston lebst, während ich in Dallas wohne. Außerdem ist der Terminkalender diese Woche voll, angefangen mit einem Familienessen am Sonntagabend auf der Baron-Ranch, gefolgt von einem Tee am Montag. Dann ein Mittagessen im Country Club von Nancys Mutter am Mittwoch sowie ein Abendessen für die Brautjungfern und weitere Freundinnen, darunter auch du …"

„Ich? Ich habe damit nichts zu tun."

„Diese Woche schon." Chase ratterte noch weitere Ereignisse herunter, die so ziemlich jede Minute eines jeden Tages bis hin zur Hochzeitszeremonie am Samstagabend abdeckten. „Du siehst also, dass es viel einfacher wäre, wenn du in der Nähe bist."

„Und wo soll ich schlafen?" Sie konnte ihre Karten genauso gut auf den Tisch legen.

Ein verschmitztes Grinsen umspielte seinen Mund. „Diese Art von Gesellschaft muss ich mir nicht erkaufen."

C.J. antwortete nicht darauf. Wahrscheinlich hatte er recht, aber da sie diesen Mann nicht kannte, was erwartete er für seine zehntausend Dollar?

„Es ist eine große Jacht und ein großes Resort. In beiden Fällen hast du dein eigenes Zimmer."

„Gut. Ich kann heute Abend nach Hause fahren, ein paar Sachen packen und morgen wiederkommen."

Chase fuhr sich mit der Hand übers Gesicht, und zum ersten Mal an diesem Abend fiel ihr auf, wie müde er aussah. Nicht nur von einer langen Nacht, sondern in seinen Augen lag eine Erschöpfung, die von mehr als einem einzigen langen Tag herrührte. „Gut, das machen wir", erwiderte er. „Ich komme mit dir nach Hause. Ich kann ein paar Anrufe tätigen, während du packst, und dann helfe ich dir mit deinem Gepäck."

„Das wird nicht nötig sein. Ich habe nicht viel, also werde ich nicht lange brauchen, und du musst sicherlich nicht meinen Koffer tragen." Auch wenn sie eine riesige Garderobe hatte, konnte sie das allein schaffen.

Chase musterte sie erneut, und C.J. hatte das Gefühl, dass er sich seine nächsten Worte genau überlegte. „Ich muss zugeben, dass ich noch nie eine Frau gekannt habe, die in kürzester Zeit die Kleidung für eine ganze Woche packen kann, einschließlich der für zwei formelle Abendessen."

„Formell?"

„Die Kleiderordnung auf der Hochzeit ist Black Tie."

Sie hätte sich denken können, dass dies eine formelle Hochzeit sein würde. Aber warum zwei Abendkleider? Sofort dachte sie an ihren Kontostand. Sie hatte gehofft, von ihren Ersparnissen zu leben, bis sie sich bezüglich ihrer Zukunft entschieden hatte. Abendgarderobe war nicht billig. „Warum zwei?"

„Besondere Familienessen mit dem Gouverneur sind immer ein Anlass für formelle Kleidung. Die bevorstehende Hochzeit macht das morgige Essen zu einem besonderen Event." Er legte seine Hand auf ihren Rücken und schob sie vorwärts. „Lass uns dieses Gespräch auf dem Weg zu deinem Haus fortführen."

„Wohnung. Und es handelt sich um Bevs." Es war dumm gewesen, so etwas zu sagen, aber in ihrem Kopf tobten nun all die Details, die sie nicht bedacht hatte, als sie sich bereit erklärt hatte, für ihre Schwester einzuspringen. Offenbar hatte C.J. viel mehr zu bedenken gehabt, als in wessen Bett sie schlafen sollte.

Die Schwachstellen in Chases brillantem, aber übereiltem Plan begannen sich zu zeigen. Es war ihm nie in den Sinn gekommen, dass Beverly, oder in diesem Fall C.J., denken könnte, er würde Sex als Teil der Geschäftsvereinbarung erwarten. Sex hatte den unerwünschten Nebeneffekt, Dinge zu verkomplizieren, und das Letzte, was er wollte, war etwas Kompliziertes. Die Annahme, dass eine Schauspielerin aus dem Laientheater, geschweige denn ein kurzfristiger Ersatz, über eine Garderobe verfügte, die für größere Familienfeste der Barons geeignet war, war ein weiterer eklatanter Fehler seinerseits.

„Wenn du mir deine Konfektionsgröße nennst, kann ich einen persönlichen Einkäufer beauftragen, ein paar Sachen für dich auszusuchen, die du diese Woche tragen kannst."

C.J.s Schritte wurden langsamer. „Persönlichen Einkäufer?"

Nuschelte er? Sprach er eine fremde Sprache? Warum wiederholte sie alles, was er sagte, in Form einer Frage? „Ich bin sicher, dass Eve jemanden empfehlen kann.“

„Ich glaube nicht, dass ich so etwas tun kann.“

„Es ist ganz einfach. Wir nehmen ihre Dienste ständig in Anspruch. Das macht das Einkaufen von Weihnachts- und Geburtstagsgeschenken deutlich einfacher.“

„Ich bin sicher, dass es ganz einfach ist, aber seit ich ein Kleinkind war, hat niemand mehr meine Kleidung für mich ausgesucht. Ich würde mich wie eine Barbiepuppe fühlen, wenn jemand versuchen würde, mich wie deine Schwester zu kleiden.“ C.J. spürte, wie sich ihre Wangen rot färbten. „Das kam nicht richtig rüber. Was ich meine, ist, dass trendige Mode an jemandem, der schlank und attraktiv ist – jemandem wie Eve – toll aussieht. Aber ich würde mich wie ein Kind fühlen, das Verkleiden spielt – und zwar schlecht –, wenn mich jemand wie ein Covermodel einkleidet.“

Bis jetzt hatte er nicht viel über C.J.s Aussehen nachgedacht. Sie sah ganz anders aus als ihre Schwester. Während Bev eine umwerfende, zierliche, blauäugige Blondine mit langem Haar war, das einer Shampoowerbung würdig war, war C.J. groß, von durchschnittlichem Gewicht, mit kurzem hellbraunem Haar und Augen von der Farbe dunkler Schokolade. Auf den ersten Blick hinterließ sie keinen großen Eindruck, aber jetzt, wo er sich einen Moment Zeit nahm, um sie genauer zu betrachten, erinnerte sie ihn an eine junge Demi Moore mit natürlichen sonnengeküssten Strähnchen. Dieses verlegene Erröten milderte ihre harten Kanten ab. Unter ihrem ruppigen Auftreten war C.J. Lawson eine attraktive Frau. „Ich bin sicher, dass du in allem, was du trägst, reizend aussehen wirst.“

„Danke, aber glaub mir, ich bin kein Modepüppchen." Sie stieß einen leisen Seufzer aus, der ihm plötzlich sehr bewusst machte, wie eng sie beieinander standen.

Ihr Blick wanderte nervös nach links, dann nach rechts. Er konnte sehen, wie ihr Verstand ratterte, Fakten verglich und dann eine Entscheidung traf. Dieser plötzliche Wechsel in der Besetzung könnte sich als interessant erweisen. Im Gegensatz zu seiner ursprünglichen Hauptdarstellerin für die Produktion dieser Woche war C.J. sowohl hübsch als auch klug.

Resigniert richtete sie sich schließlich auf und nickte. „Es sieht allerdings so aus, als müsste ich für den Rest der Woche noch ein paar Dinge besorgen."

„In Ordnung. Wenn der persönliche Einkäufer nichts für dich ist, wie wäre es, wenn ich dich morgen früh gegen zehn Uhr abhole? Wir kaufen ein, was du benötigst, und checken dann im Resort ein. Klingt das nach einem guten Plan?"

Sie kniff ihre braunen Augen nachdenklich zusammen, und er hielt den Atem an und wartete auf ihre Antwort. Nach einem weiteren leisen Seufzer erwiderte sie schließlich nickend: „Zehn Uhr."

„Zehn Uhr", wiederholte er und setzte sein aufmunterndstes Lächeln auf. Wenigstens einer von ihnen sollte sich auf das Shoppen freuen. Auch wenn es, wie alles andere in dieser Woche, nur Show war.

KAPITEL FÜNF

Mit jedem Augenblick war C.J. mehr von ihrer Unzulänglichkeit überzeugt. *Einkaufen*. Ihr Kleiderschrank bestand größtenteils aus Uniformen, und wenn sie Zivilkleidung trug, verließ sie sich auf ihre Jeans und mehrere bequeme T-Shirts, die sie im Laufe der Jahre angehäuft hatte. Gestern hatte sie die Regale mit reduzierten Kleidern nach einem für den Abend durchforstet, bevor sie etwas gefunden hatte. Das schlichte, gerade geschnittene Kleid hatte sie nicht wie ein Kind aussehen lassen, das Verkleiden spielt, sondern passte zu der Art von Leuten, die sich Tausende von Dollar für ein Date leisten konnten. Zumindest hoffte sie, dass es das tat. Denn was wusste sie schon von Leuten, die genug Geld hatten, um Hundertdollarscheine zum Anzünden zu verwenden?

Nichtsdestotrotz wartete sie um 9:55 Uhr mit ihrem Gepäck, das kaum mehr als Unterwäsche und Hygieneartikel enthielt, auf Chases Ankunft. Die Aussicht, in ein Kaufhaus zu gehen, gefiel ihr ganz und gar nicht. Was ihr jedoch sehr wohl gefiel – und zwar ein wenig *zu* sehr –, war, Chase wiederzusehen. Ihre Vereinbarung war rein geschäftlicher Natur, keine Frage. Er hatte jedoch mit Sicherheit mit ihrer Schwester flirten wollen – oder zumindest so tun, als ob. Allerdings nicht mit ihr.

Warum also verspürte sie diese leise Vorfreude auf diesen Mann? Eine weitere dumme Frage. Wie wäre es damit, dass sie eine heißblütige Frau war und Chase gut genug aussah, um dieses Blut in Wallung zu bringen? Oder vielleicht hatte es etwas mit dem Ende des vergangenen Abends zu tun, als er sie angesehen hatte, als wäre sie eine begehrenswerte Frau. Nach Jahren der Anpassung an eine Männerwelt hatte C.J. beinahe vergessen, dass sie keiner war.

Das Läuten der Türklingel holte sie in die Wirklichkeit zurück. Ein Tag in der Hölle des Einkaufszentrums. Als sie die Tür öffnete, kam ihr die dumme Frage in den Sinn, ob es auch Abendkleider in Tarnfarben gab.

Auf der anderen Seite der Türschwelle stand Chase und lächelte. Charme und Charisma sickerten aus seinen Poren. C.J. fragte sich unwillkürlich, warum ein Mann mit so viel natürlichem Sex-Appeal für eine Verabredung bezahlen musste. Gut, er hatte ihr allerdings auch erklärt, dass er kein Geld zu zahlen brauchte, damit jemand mit ihm ins Bett ging. Bev zu engagieren, ergab keinen Sinn.

„Bereit?", fragte er.

„Alles bereit." Sie hob ihre Tasche, um sie ihm zu zeigen, und wäre vor seiner Berührung fast zurückgeschreckt, als er versuchte, sie ihr abzunehmen. „Ich schaffe das schon."

„Ich bin sicher, dass du das schaffst, aber darum geht es nicht." Sein Lächeln wurde breiter, ganz im Gegensatz zu seinem pikierten Blick. „Außerdem", fuhr er fort, „würde mein Großvater mir das nie verzeihen, wenn er wüsste, dass ich dich deine Tasche selbst tragen lasse."

Die Aussicht, seine Hand für den Rest des Tages auf ihrer zu spüren, war der Grund, warum sie nachgab. Die Wahrung eines sicheren Abstands wurde einfach zur Priorität. „Nicht weit von hier gibt es ein schönes Einkaufszentrum mit einigen Sachen im Angebot."

Als er das Auto erreichte, nickte Chase und öffnete die Beifahrertür für sie. C.J. entging sein Blick nicht, der sie herausforderte zu protestieren. Sie wusste, welche Schlachten es wert waren, gefochten zu werden. Diese gehörte nicht dazu. Sie setzte sich, schnallte sich an und wartete darauf, bis er ihre Tasche auf den Rücksitz geworfen und sich ans Steuer gesetzt hatte. Dann heulte der Motor auf.

„Bieg am Ende der Straße links ab!" Sie zeigte nach vorne. „Ein paar Ampeln weiter sind dann die Schilder für den Highway."

„Eigentlich", Chase schaltete einen Gang zurück und ließ ein verschmitztes Grinsen aufblitzen, „hat Eve etwas empfohlen, von dem sie denkt, dass es besser wäre."

Als ob sich C.J. Sachen aus einem Laden leisten könnte, in den ein Baron einkaufen geht. „Ich glaube wirklich, das Einkaufszentrum wird …"

„C.J.", unterbrach er, und sein Blick wurde weicher, „lass mich das übernehmen. Bitte."

Sie hatte das seltsame Gefühl, dass es ihm schwergefallen war, das *Bitte* auszusprechen. Vermutlich tat er das nicht oft. Daher konnte sie nicht Nein sagen. Auch wenn ihre Kreditkarte vielleicht nicht einverstanden sein mochte.

Eve hatte Chase gesagt, dass Le Magasin die perfekte Anlaufstelle sei, um mit C.J. einkaufen zu gehen, ohne seine Geduld zu strapazieren. Chase fuhr den Mercedes seines Bruders mit dem Kennzeichen BARON II und war daher nicht überrascht, als er vor der Tür hielt und der Parkwächter ihn mit Namen ansprach. Als die Managerin des Ladens ihn an der Tür begrüßte, wusste er, dass seine Schwester vorher angerufen hatte.

„Guten Morgen, Mr. Baron. Mein Name ist Marguerite", sagte eine bildhübsche Frau, die irgendwo zwischen dreißig und fünfzig Jahre alt war, ob das nun ihre guten Gene oder ihr Schönheitschirurg waren. Neben ihr wartete eine jüngere, aber ebenso gut gekleidete Frau darauf, vorgestellt zu werden. „Das ist Veronica. Sie wird sich heute um Sie kümmern."

Veronica musterte C.J. von oben bis unten. „Größe 38?"

C.J. umklammerte die Riemen ihrer Handtasche fester. „Eigentlich 40."

„Wir versuchen beides. Die meisten Kleidungsstücke unserer Designer fallen eher kleiner aus als … andere Marken."

Veronica legte zwar einen ruhigen Tonfall und ein freundliches Lächeln an den Tag, aber man musste nicht an der Spitze eines mehrere Milliarden schweren Unternehmens stehen und auch nicht das Gewicht des Namens Baron tragen, um zu erkennen, dass die Verkäuferin C.J. sehr höflich, aber dennoch respektlos in die Schranken gewiesen hatte. Und das gefiel ihm ganz und gar nicht.

„Nun gut", sagte die Managerin und deutete auf einen kleinen Aufenthaltsraum mit ein paar Sitzgelegenheiten und einer Tür, die zu einer, wie er wusste, privaten Umkleidekabine führte. „Ich werde Sie in Veronicas kompetente Hände geben."

Er musste schnell handeln. „Danke, aber meine Schwester hat einen anderen Namen erwähnt." Eve hatte natürlich nichts darüber gesagt, welche Verkäuferin sie bevorzugte, aber es wäre nicht das erste Mal, dass Chase eine vage Vermutung äußerte, in der Hoffnung, eine gewünschte Information zu erhalten.

„Ich verstehe." Die ältere Frau sah zu Veronica und dann wieder zu Chase. „Ich glaube, Melissa arbeitet normalerweise mit Ihrer Schwester zusammen, aber sie ist bei einem anderen Kunden."

Chase bewegte sich nicht, sagte kein Wort. Er ließ sein Schweigen einen unangenehmen Moment lang wirken und fügte dann, als er sah, wie sich der zuversichtliche Blick der Managerin mit Sorge zu trüben begann, hinzu: „Vielleicht sollten wir ein anderes Mal wiederkommen."

Mit einem leichten Nicken in Veronicas Richtung hatte Marguerite ihre Entscheidung getroffen. Veronica schlich mit gesenktem Haupt aus dem Zimmer. „Das wird nicht nötig sein, Mr. Baron", fuhr die Managerin fort. „Wenn Sie sich setzen wollen, können wir sicher arrangieren, dass Melissa Miss …"

„Lawson", ergänzte C.J.

„Darf ich Ihnen etwas zu trinken anbieten, während Sie warten? Eine Tasse Tee vielleicht? Oder etwas Kaltes?"

C.J. blieb reglos stehen, aber ihr fast schon verkrampftes Festhalten an ihrer Tasche war für ihn ein deutlicher Hinweis darauf, dass sie nicht so ruhig war, wie sie einem zufällig Vorbeigehenden erscheinen mochte.

„Für mich nichts, danke", erwiderte sie.

Er wusste nicht viel über C.J., nicht einmal ihren vollen Namen, wie er gerade gemerkt hatte, aber er erkannte, dass sie sich äußerst unwohl fühlte, und doch hatte sie ruhig geantwortet und sogar ein Lächeln zustande gebracht. Hübsch, klug *und* zäh.

„Und Sie, Mr. Baron?", fragte Marguerite.

„Nichts, danke." Er zwang sich, den Blick von C.J. loszureißen.

„In Ordnung."

Als die Managerin außer Sichtweite war, wandte sich Chase an C.J. „Wir können uns auch hinsetzen."

So wie sie auf die Stühle hinunterschaute, hätte

man denken können, dass sich dort Schlangen zusammengerollt hatten und darauf warteten zuzuschlagen.

„Bestimmt hätten wir im Einkaufszentrum etwas gefunden."

„So geht es schneller." Er bedeutete ihr, sich zu setzen.

C.J. gab den Todesgriff an ihrer Tasche auf und ließ sich auf den Stuhl fallen.

„Wie lautet dein vollständiger Name?"

Ihre Schultern entspannten sich. „Cassandra Jane."

„Cassandra. Das ist ein schöner Name. Warum versteckst du dich hinter deinen Initialen?"

Schwer seufzend antwortete sie: „Die meiste Zeit meines Erwachsenenlebens habe ich in einer Männerwelt verbracht. Cassandra oder sogar Cassie brachten mehr Weiblichkeit ins Spiel, als mir lieb war. C.J. war schlichtweg einfacher."

Das könnte die harte Schale erklären, die C.J. wie einen Schutzschild trug. Jetzt wurde ihm klar, wie wenig er wirklich über sie wusste. „Was für einen Beruf übst du aus?"

„Ich bin Krankenschwester. Ich habe vor Kurzem …"

„Tut mir leid, dass ich Sie warten lassen musste." Eine junge Frau mit einem ansteckenden Lächeln kam in den Aufenthaltsraum gestürmt und reichte erst C.J. und dann Chase die Hand. „Ich bin Missy. Ich kann Ihnen gar nicht sagen, wie sehr es mich freut, einen von Miss Barons Brüdern und Miss Lawson kennenzulernen!" Ohne eine Antwort von Chase abzuwarten, drehte sie sich zu C.J. um, klatschte die Hände zusammen und rieb sie enthusiastisch aneinander. „Also, sind wir bereit, ein wenig Spaß zu haben?"

KAPITEL SECHS

Spaß wäre das letzte Wort, das C.J. verwendet hätte, um die Tortur namens Shoppen zu beschreiben – besonders heute. Aber zumindest mochte sie Missy deutlich lieber als Veronica. Vor allem deshalb, weil Missy C.J. nicht anschaute, als wäre sie ein Kaugummi, der an der Sohle ihrer Ferragamos klebte.

„Was brauchen wir heute?", fragte Missy.

Resigniert angesichts dessen, was nun kommen würde, erhob sich C.J. von ihrem Stuhl. „Ich benötige zwei formelle Kleider."

„Dazu passende Schuhe und Handtaschen", fügte Chase hinzu. „Sowie ein paar Outfits, die zum Segeln geeignet sind …"

„Segeln?", unterbrach C.J. ihn.

„Ich glaube, das ist am Donnerstagnachmittag. Du wirst doch nicht seekrank, oder?"

Sie schüttelte den Kopf. Es war einfacher, als ihn daran zu erinnern, dass er diese Frage bereits gestern Abend gestellt hatte.

„Gut. Miss Lawson wird außerdem an einem Barbecue teilnehmen."

„Barbecue?"

Chase nickte und fuhr fort: „Der Junggesellinnenabschied." Er hielt für den Bruchteil einer Sekunde inne, als erwartete er, dass sie ihn unterbrechen würde, aber C.J. hatte offenbar schon gemerkt, dass das keinen

Sinn hatte. Er hatte nicht übertrieben, als er gesagt hatte, sie würde eine anstrengende Woche vor sich haben. „Ein Probedinner und …" Er hielt erneut inne und sah sie an. Sein Blick war sanft und anerkennend. „Und eine Verabredung zum Abendessen im Casa Bodega heute Abend."

C.J. war schon aufgeregt genug, weil sie derart viele Verpflichtungen hatte, um ihre Rolle als Chase Barons Date zu spielen. Aber nun setzte ihr Herz einen Schlag aus, als sein Blick bei der Ankündigung des heutigen Abendessens ihrem begegnete. Nichts an seinen Worten hatte sonderlich geschäftsmäßig oder hochzeitsbezogen geklungen. Für ihre eingerosteten Instinkte klang die Aussage fast so, als hätte er sie zu einem echten Date eingeladen.

„Dann fangen wir besser an." Missy trat einen Schritt zurück. „Wenn Sie bitte mit mir kommen, zeige ich Ihnen ein paar Sachen, um ein Gefühl für Ihren Geschmack zu erhalten, und dann kann ich übernehmen."

Sich von Chase Baron zu entfernen, war wahrscheinlich eine gute Sache. Es gefiel ihr nicht, wie ihre Haut jedes Mal kribbelte, wenn er in ihre Richtung schaute. Sie war kein Mensch, dessen Haut leicht zu irritieren war, und sie durfte nicht zulassen, dass diese ganze Aschenputtel-Behandlung sie blind für die Wirklichkeit machte. Das hier war ein Job. Ein kurzer Job. Einer, der am nächsten Sonntagmorgen enden würde, wenn Chase Baron in seinen luxuriösen Lebensstil nach Dallas zurückflog, während sie in die Einzimmer-Mietwohnung ihrer Schwester zurückkehrte.

Missy führte C.J. in einen runden Raum. Ein paar bequeme Ledersessel standen in dessen Mitte, und mit Kleidung gefüllte Regale säumten die Wände. Missy ging schnurstracks auf einige Abendkleider zu, die an einer Stange hingen. Sie ignorierte diejenigen mit Perlen und glitzernden Aufnähern und griff stattdessen nach einem dunkelvioletten One-Shoulder-Kleid, das auf seinem Satinbügel wahnsinnig gut aussah.

„Das dürfte Ihrer Figur äußerst schmeicheln." Missy hielt es C.J. zur Begutachtung hin. „Es gibt auch eine passende Stoffblume, die man an der Schulter anbringen kann, aber Sie scheinen mir nicht der Typ zu sein, der auffällige Accessoires schätzt."

„Genau. Nichts Auffälliges."

Missys Lächeln wurde strahlender. Sie hängte das Kleid zurück auf die Stange, und C.J. bemühte sich, mit dem Finger das zu ertasten, was sie für ein Preisschild hielt, während Missy sich weiteren Kleidungsstücken zuwandte. Die Zahlen mussten jedoch eine Art Modellnummer sein, denn wenn *das* der Preis des Kleides sein sollte, bräuchte C.J. einen Kredit, um es zu bezahlen.

„Mr. Baron hat nicht zufällig erwähnt, was der Junggesellinnenabschied beinhaltet? An was für ein Outfit haben Sie gedacht?"

„Da bin ich überfragt."

Anstatt C.J. von oben herab anzuschauen, wie es Veronica vielleicht getan hätte, unterdrückte Missy ein weiteres Lächeln. „Ich persönlich glaube, die Welt wäre ein besserer Ort, wenn wir alle nur in Sweatshirts leben und arbeiten könnten."

„Ganz genau. Aber an der Golfküste ziehe ich Sporthosen und ein T-Shirt vor."

„Ich weiß nicht, ob wir das für einen Junggesellinnenabend durchziehen können, aber ..." Missy bedeutete C.J. mit dem Zeigefinger, ihr zu folgen. Am

Ende des Flurs betraten sie einen weiteren runden Raum, nur dass dieser eindeutig die Vorstellungen der Reichen und Berühmten von Sportbekleidung enthielt. „Weiß ist normalerweise die bevorzugte Farbe auf einem Segelboot, aber ich finde es schwierig zu waschen." Missy hielt ihr ein Paar khakifarbene Shorts hin und etwas, das C.J. als ein dazu passendes T-Shirt mit meerblauen Flecken identifizierte.

„Bis jetzt ist das das Einzige, das ich tatsächlich auch ein andermal tragen könnte."

„Miss Baron liebt diese Designerin! Sie erinnert mich sehr an Sie."

„An mich?" Was eine ehemalige Sanitäterin, die zur Krankenschwester aufgestiegen und in einem Armenviertel aufgewachsen war, mit Eve Baron gemeinsam haben sollte, war ihr ein Rätsel.

„Sie beide verfügen über eine natürliche Schönheit, die den ganzen Schnickschnack nicht braucht, auf den die meisten meiner Kundinnen nicht verzichten können. Ich glaube nicht, dass ich Miss Baron jemals mit Make-up oder teurem Schmuck gesehen habe. Wenn man sie auf der Straße sieht, würde man nie vermuten, dass sie aus einer der zehn reichsten Familien der Welt stammt."

Der zehn reichsten Familien der *Welt*? C.J.s Mund war plötzlich ganz trocken.

„Keiner würde ahnen, wer ihr Bruder ist."

„Welcher Bruder?"

Missy zögerte und blickte nervös zur Seite. C.J. hatte den Eindruck, dass sie das nicht laut sagen wollte. „Kyle."

„Ich verstehe nicht …"

„Na ja, Sie wissen schon." Sie blickte sich wieder um. „Sein Spitzname und so."

C.J. hob eine Augenbraue.

„Es tut mir leid. Ich dachte, das wüssten alle."

„Ich war sehr lange im Ausland, da habe ich nicht viel mitgekriegt.“

Missy nickte und flüsterte dann: „Knaller-Kyle. Es vergeht kaum ein Tag, an dem Kyle Baron nicht auf der Titelseite irgendeines Magazins zu sehen ist.“

Das Einzige, was C.J. über Kyle Baron wusste, war, dass er seine Autos und seine Boote liebte und sich ihr gegenüber bisher absolut höflich und respektvoll verhalten hatte. Kyles Gespräche gestern Abend hatten sich hauptsächlich um das Abendessen, seine jüngeren Geschwister und Segeln gedreht, mit gelegentlichen Bemerkungen über Politik oder Sport. C.J. konnte in diesem Familienbild nirgendwo das Potenzial für Skandale erkennen. „Was ist mit den anderen Brüdern? Tauchen die auch oft in den Nachrichten auf?“

„Kann ich nicht sagen. Normalerweise ist es Kyle, der etwas tut, um die Familie ins Rampenlicht zu stellen. Eve hat die anderen gelegentlich am Rande erwähnt. Ich glaube, sie macht sich am meisten Sorgen um den Senator.“

„Senator?“ Heilige Kampfstiefel! Bruder Mitch, der beim Essen neben ihr gesessen hatte, war *Senator* Mitchell Baron. Verdammt! Wie hatte ihr nur entgehen können, dass sie die Woche mit einer Familie verbringen würde, die einem amerikanischen Königshaus so nahe kam wie seinerseits die Kennedys?

Für heute Abend war ein Abendessen mit seinen Brüdern und seiner Schwester auf der *Baroness* geplant, und morgen würde er zusammen mit allen Cousins, Tanten und Onkeln, die wegen der Hochzeit bereits in der Stadt waren, an einem Familienessen teilnehmen. Ein Abendessen im Casa Bodega nur für ihn und C.J. hatte nicht auf dem dicht gedrängten Terminplan gestanden. Der faszinierende Kontrast zwischen ihren schönen schokoladenbraunen Augen und ihrem Bemühen, sich anzupassen, hatte ihn die Einladung aussprechen lassen, bevor er Zeit gehabt hatte, ernsthaft über die Konsequenzen eines Abendessens zu zweit nachzudenken. Obwohl, ganz praktisch betrachtet, könnte der heutige Abend dazu dienen, ihre Geschichte zu festigen, falls der Gouverneur allein mit ihr sprechen sollte. Als er Schritte hörte, blickte er auf und sah C.J., jeweils mit einer Tasse in der Hand, im Flur auf ihn zukommen.

Ihre Schritte waren groß, stampfend und entschlossen. „Ich glaube, ich habe Veronica einen weiteren Grund gegeben, mich als Eindringling aus diesem Laden zu werfen."

„Was hat sie getan?" Chase war schon fast auf den Beinen, als C.J. den Kopf schüttelte und ihm eine heiße Tasse in die Hand drückte, um ihn zurück auf seinen Platz zu drängen.

„Ich hoffe, du magst Kaffee. Du kommst mir nicht wie ein Teetrinker vor. Und um deine Frage zu beantworten: Veronica hat nichts getan. Ich habe mich geweigert, uns von einem der Café-Angestellten den Kaffee bringen zu lassen."

„Was meinst du mit *geweigert*?"

„Ich war doch auf dem Weg hierher!" C.J.s Stimme stieg um eine halbe Oktave. „Ich habe darauf bestanden, dass ich den Kaffee selbst tragen kann. Veronica mochte vielleicht gerade in meine Richtung geschaut haben, als ich wiederholte, dass ich den Kaffee allein herbringen kann. Aber trotzdem! Kommt es dir nicht ein wenig absurd vor, wegzugehen und mir den Kaffee von jemand anderem hinterhertragen zu lassen, wenn ich einfach nur dreißig Sekunden warten könnte, bis man die Tassen einschenkt? Eigentlich nur zehn, wenn man die zwanzig Sekunden abzieht, die es gedauert hat, darüber zu diskutieren."

Eine leise Stimme in seinem Hinterkopf warnte ihn, dass dies ein Test war. „Mag sein."

Sie kniff die Augen zusammen, und er hatte den Eindruck, dass er die falsche Antwort gegeben hatte.

„Wenn du Milch oder Zucker willst, musst du sie dir selbst holen."

„Nein." Er sah keinen Sinn darin zu erwähnen, dass das Personal des Ladens trotz ihres Beharrens jeden Moment vorbeikommen und nach ihnen sehen würde. So liefen die Dinge in seiner Welt. Gelegentlich ging das so weit, dass die Kellner zu einer Plage wurden. „Schwarz ist gut." Als er über den Rand seiner Tasse blickte, stellte er fest, dass sie ihren Kaffee ebenfalls schwarz trank. Da fragte er sich, in welchem Teil der Männerwelt sie wohl lebte.

„Sind Sie bereit?" Missy stand mit leeren Händen vor den beiden. „Wenn Sie mir in die Umkleidekabine folgen würden, können Sie anprobieren, was ich für Sie ausgesucht habe."

Chase lehnte sich zurück und trank einen weiteren Schluck von seinem Kaffee. Er wünschte, er hätte sehen können, wie C.J. sich behauptet hatte. Sie war ganz anders, als er erwartet hatte. Die meisten Frauen hätten sich um die Garderobe gerissen, die er ihnen zum Kauf angeboten hatte, doch sie schien sie wirklich nicht zu wollen. Was er für Sturheit hielt, empfand sie vermutlich als Unabhängigkeit. So oder so, es war ein frischer Wind im Vergleich zu den unnatürlichen Frauen, die bisher in seinem Leben gewesen waren. Er hatte seinen Kaffee ausgetrunken, und einer der Café-Mitarbeiter war tatsächlich gekommen, um zu fragen, ob er noch eine Tasse wollte. Er hatte seine zweite fast ausgetrunken, als sich endlich die Tür zu C.J.s

Umkleidekabine öffnete.

„Ich dachte schon, ich würde es nicht mehr erleben …" Die letzten Worte blieben ihm im Hals stecken. Es war ihm nicht mehr möglich, einen zusammenhängenden Satz zu bilden. C.J. sah absolut umwerfend aus. Er hatte ihre Größe gestern auf rund 1,72 Meter geschätzt, und er wusste, dass sie keine zierliche Figur hatte. Aber das locker sitzende Kleid von gestern und die Jeans und das T-Shirt von heute hatten ihn nicht auf die schöne Gestalt vorbereitet, die in einem lilafarbenen Kleid vor ihm stand. „Du siehst … reizend aus."

Er war so überwältigt von ihrem Auftritt, dass er die Besorgnis auf ihrem Gesicht erst bemerkte, als er sah, wie sie einem zaghaften Lächeln und leichter Zufriedenheit wich. „Sieht doch nicht schlecht aus, oder?"

„Du wirst die schönste Frau im Raum sein."

Ein Hauch von Rosa erschien auf ihren Wangen, und sie drehte sich schnell zum Spiegel um. Er vermutete, dass dies ein weiterer Mechanismus war, um sich anzupassen. Die Standardregel für den Erfolg in einer Männerwelt: Lass sie dich nie deine Gefühle sehen. Bei einer Frau, so vermutete er, müsste er hinzufügen: Und lass sie dich nie erröten sehen.

Als er sie dabei beobachtete, wie sie sich mal nach links, mal nach rechts drehte und jede ihrer schönen Kurven zur Schau stellte, rauschte das Blut unangenehm aus seinem Gehirn. Ein mehrlagiges Stück Stoff hing über einer Schulter und zeigte durchtrainierte Arme, die von Stärke zeugten und dennoch eindeutig weiblich waren. Der fließende Stoff lenkte seinen Blick auf die weiche, nackte Schulter und dann wieder hinunter auf die leiseste Andeutung eines Dekolletés, wo sich das Kleid an eine Sanduhrfigur schmiegte, bevor es in sanft fließenden Wellen zu Boden fiel. Er durfte nicht darüber nachdenken, was sich unter all diesen Schichten von Lila befand. Vor allem, da er ihr versichert hatte, dass er sie nicht anbaggern würde. Er und seine genialen Ideen!

KAPITEL SIEBEN

Sehr zu C.J.s Überraschung hatte Missy mehrere Freizeitoutfits für sie gefunden, in denen sie sich nicht wie eine lächerliche Figur in einem Theaterstück fühlte. Momentan trug sie die weichste und bequemste Hose, die sie je angehabt hatte. Fast eine Stunde lang hatte sie versucht, die Preisschilder für die Kleidungsstücke zu finden, die sie immer wieder an- und auszog, bis sie sich schließlich an Chase heranschlich. „Ich sehe die Preise nicht. Woher soll ich wissen, was sie kosten?"

„Das brauchst du nicht", erwiderte er scherzhaft.

Um Missys Aufmerksamkeit nicht auf sich zu ziehen, wandte sich C.J. von der Verkäuferin ab und lächelte entschuldigend. „Ich habe ein sehr begrenztes Budget." Eigentlich hatte sie gar kein Budget, denn lange Zeit war das ziemlich egal gewesen. In Kabul hatte man nicht unbedingt eine MasterCard benötigt.

„Dann ist es ja gut, dass das bei mir nicht der Fall ist."

Er schenkte ihr eines seiner strahlenden Lächeln, an die sie sich bereits gewöhnt hatte, als sie ihm ein Outfit nach dem anderen präsentiert hatte.

„Nenn es einfach Betriebsausgaben", fügte er hinzu.

Und einfach so wurde sie aus ihrem Aschenputtel-Moment gerissen und fiel auf einen verfaulten Kürbis. Hier ging es nur ums Geschäft. Schicke Kleider waren quasi die Uniformen in dieser Welt, und deren Preise Kleingeld für ein Mitglied der Baron-Familie.

„Danke." Sie schluckte den bitteren Geschmack in ihrem Mund hinunter und setzte ein Lächeln auf. „Und wohin jetzt?"

„Ich bin am Verhungern. Wir werden spät zu Mittag essen und dann zum Resort fahren. Wenn wir dort sind, sollten deine neuen Klamotten schon in die Suite geliefert worden sein."

„Ich brauche keine Suite. Ein einfaches Zimmer genügt."

„Wir haben keine andere Wahl. Das Resort ist ausverkauft. Mein Bruder Craig hat für die Geschwister und den Gouverneur die besten Suiten gebucht, bevor der Rest der Großfamilie sie sich schnappen konnte."

„Aber ich bin kein Geschwister."

„Zu dem Zeitpunkt wusste ich nicht, dass ich eine Begleitung haben würde. Aber keine Sorge, unser Deal bleibt weiterhin unberührt. Die meisten Suiten sind so groß wie kleine Häuser mit mehr als einem Schlafzimmer."

Ja. Der Deal. „Wenn die Suite mehr als ein Schlafzimmer hat, warum braucht dann jeder seine eigene? Warum nicht teilen?" Die Frage erschien ihr so praktisch wie die, warum sie nicht warten sollte, ihren Kaffee selbst mitzunehmen. Aber nach Chases Gesichtsausdruck zu urteilen, hätte sie genauso gut nach der mathematischen Formel für den Satz des Pythagoras fragen können.

„Sagen wir einfach, Privatsphäre ist meiner Familie wichtig."

Der unerwartet ernste Ausdruck, der sich auf seinem Gesicht abzeichnete, ließ C.J. vermuten, dass eventuell alle Brüder Knaller-Barons waren.

Das Restaurant, in dem sie zu Mittag essen wollten, lag nicht weit vom Resort entfernt. Sie kannte es nicht, aber es war klar, dass dort keine Jeans und Turnschuhe erlaubt waren. Der Parkplatz war fast leer, und doch hielt Chase beim Parkservice an, damit sich dieser um seinen Wagen kümmerte. Millionen von Kindern auf der Welt hungerten, aber die Barons konnten ihr Auto nicht selbst parken!

Ihre Tür wurde geöffnet, und ein gut aussehender Mann reichte ihr die Hand. Sie hatte kaum einen Fuß aus dem Wagen gesetzt, als Chase dem Parkservice-Mitarbeiter seinen Schlüssel reichte und C.J. den Arm hinhielt. Ein elektrisierendes Knistern schoss ihren Arm hinunter zu ihren intimsten Körperregionen, und sie schalt sich selbst. *Rein geschäftlich!*

„Ich habe bei meinem letzten Besuch hier gegessen. Du wirst es lieben!"

Daran zweifelte sie nicht. Teures Essen ausfindig zu machen, das außerdem lecker war, sollte nicht schwer sein. Allerdings war es eine Kunst, einen besonderen Gaumenschmaus für den Preis von billigem Haschisch zu finden. Wie alle anderen an diesem Tag begrüßte auch die Hostess Chase mit seinem Namen. Gab es einen Ort auf dieser Welt, an dem niemand wusste, wer er war? Wie würde er es verkraften, wie ein normaler Mensch behandelt zu werden? Auf einen Tisch warten zu müssen oder in einem überfüllten Kaufhaus die Verkaufsregale zu durchsuchen, ohne einen Angestellten zu finden, der einem half? Wie würde er damit umgehen, wenn er nach monatelangem Schlafen in Zelten nach Hause käme, vollständig angezogen und bewaffnet – für den Fall, dass er mitten in der Nacht aufwachen müsste – und feststellte, dass er nicht in seinem eigenen ruhigen Haus, seinem weichen Bett schlafen konnte? Oder schlimmer noch, nach Hause zu kommen und keinen Job, keine Frau mehr oder ein Haus vorzufinden, in dem er nicht mehr leben konnte, weil es nicht behindertengerecht war?

„Wo bist du gerade?" Chase wedelte mit der Hand vor ihrem Gesicht herum.

C.J. sah sich um. Sie saßen an einem abgelegenen Ecktisch für zwei Personen mit einem herrlichen Blick auf den Golf. Wasser war serviert worden, und sie hielt die Speisekarte vor sich. Doch alles, was sie sehen konnte, waren die Gesichter der Jungs, die sie in nicht ganz so perfekter Verfassung nach Hause geschickt hatte. „Es tut mir leid. Ich war wohl mit meinen Gedanken woanders."

„Geben Sie uns noch ein paar Minuten!", wies er den Kellner an, der geduldig neben dem Tisch stand. Dann sah Chase sie mit einem fragenden Blick an. „Wo auch immer du warst, es war kein angenehmer Ort."

„Warum sagst du das?"

Er hob das Kinn und zeigte auf ihre Speisekarte. Ihr Griff war so fest geworden, dass sich ihre Knöchel weiß färbten und die kunststoffbeschichtete Speisekarte darunter zerknittert war. Sie legte sie beiseite und faltete die Hände in ihrem Schoß. „Nicht jeder Ort auf dieser Welt ist angenehm."

„Es tut mir leid." Die Intensität in seinem Blick veränderte sich von neugieriger Besorgnis zu Mitgefühl. Die Aufrichtigkeit in seinem Blick, seine Stärke, sein Mitgefühl boten ihr ein wenig Trost, den sie schon lange nicht mehr erlebt hatte.

„Danke." Es war nicht fair von ihr, ihn derart zu verurteilen, nur weil er mehr als wohlhabend, unfassbar gut aussehend sowie charmant war. In diesem scharfsinnigen Mann mit Trost und Mitgefühl in den Augen steckte definitiv deutlich mehr.

Chase hatte gehofft, beim Mittagessen mehr über C.J.

zu erfahren, aber nachdem er sie kurzzeitig an einen dunklen Ort verloren hatte, befürchtete er, dass die falsche Frage sie dorthin zurückschicken würde. Stattdessen hielt er das Gespräch leicht und locker. Er wusste jetzt, dass ihr der Fisch geschmeckt hatte, dass sie ihre neue Hose mochte, dass die khakifarbenen Shorts ihr Lieblingsteil waren und dass sie tagsüber keinen Wein trank, weil sie davon einschlief. Aber sonst wusste er wenig darüber, wer C.J. Lawson war.

„Es wurden mehrere Pakete in Ihre Suite geliefert, Mr. Baron", informierte ihn der junge Mann an der Rezeption, als er ihm den Kartenschlüssel überreichte.

„Vielen Dank, Jason." Chase legte großen Wert darauf, die Menschen, die für ihn arbeiteten oder mit ihm Geschäfte machten, mit Namen anzusprechen. Im Gegensatz zu den meisten Unternehmen, deren Chefs nur die Zahlen im Auge hatten, führte Chase seine Firma wie sein Großvater, mit eiserner Faust. Aber die Sicherheit und die Moral seiner Mitarbeiter standen immer an erster Stelle. Als Chase das letzte Mal zur Geburtstagsfeier eines Cousins im Resort eingecheckt hatte, hatten Jason und er ein langes Gespräch über die Auswirkungen der aktuellen Wirtschaftslage auf das Hotel- und Reisegewerbe geführt. Für einen jungen Mann, der erst am Anfang seiner Karriere stand, war er ein schlaues Kerlchen.

Obwohl Chase C.J. versichert hatte, dass die Unterkunft geräumig sein würde, konnte er ihre Anspannung spüren. Sie stand in der starren Haltung neben ihm, an die er sich bereits gewöhnt hatte. Er hatte sogar angefangen, sich ebenfalls anzuspannen. „Unsere Suiten sind in dem Gebäude auf der anderen Seite des Weges. Wenn es dir nichts ausmacht, es ist nur ein kurzer Spaziergang. Ich könnte aber auch einen Golfwagen herbringen lassen."

„Ich würde lieber gehen. Normalerweise jogge ich

morgens, aber in den vergangenen Tagen konnte ich das nicht mehr."

Chase führte sie durch die hinteren Doppeltüren und den Weg zu ihren Unterkünften. „Kyle schwärmt davon, hier am Strand zu joggen. Es ist sehr ruhig und privat. Wenn du willst, können wir morgen früh laufen gehen."

„Das wäre schön. Ist sechs Uhr zu früh?"

„Die Sonne geht erst gegen sieben Uhr auf."

„Ich weiß. Ich sehe gerne zu, wie sie über den Horizont kommt."

„Dann also um sechs Uhr." Von ihrem Standpunkt aus konnte er die äußeren Gebäude sehen, die sich entlang der Strandpromenade des Resorts erstreckten. „Wir sind in der ersten Suite, wenn du das Gebäude erreichst. Der Gouverneur und Grandma sind nebenan, Mitch und Craig in den beiden im nächsten Gebäude, und Eve ist in der Ein-Zimmer-Suite mit Blick auf die Gärten."

„Du erwähntest eine weitere Familie. Wer wird noch kommen?"

„Es steht noch nicht fest, ob mein Vater auftauchen wird oder nicht. Er und mein Großvater haben eine kleine Meinungsverschiedenheit über Dads Ehefrau Nummer vier. Meine Mutter soll am Donnerstagabend ankommen. Das wird die erste Familienfeier der Barons sein, an der sie teilnimmt, seit … na ja, seit langer Zeit. Was den Rest der Barons angeht, so ist mein Vater eines von sechs Kindern, und dies ist die erste Hochzeit seit der von Mitch, sodass es eine recht große Menschenmenge sein sollte. Mit Ausnahme meines Onkels Jim, dem Ältesten, der bei einem Trainingsunfall während des ersten Golfkriegs ums Leben kam."

„Mein Beileid für deinen Verlust."

„Danke. Ich war zu jung, um mich an ihn zu

erinnern, aber seine beiden Söhne werden hier sein.“

„Ohne ihre Ehefrauen?“

„Sie sind nicht verheiratet.“

„Oh.“

„Das ist eines der Ärgernisse des Gouverneurs. Die meisten seiner Enkelkinder sind um die dreißig, und doch ist keines verheiratet.“

„Wirklich? Von wie vielen Cousins und Cousinen?“

„Ich habe einundzwanzig Cousins und Cousinen ersten Grades, vier Geschwister und zwei Halbschwestern. Paige ist von Ehefrau Nummer zwei, während Dad noch mit meiner Mutter verheiratet war …“

„Oje, das klingt übel.“

„Das war es auch. Mein Großvater war alles andere als erfreut. Ich glaube nicht, dass sich meine Mutter je ganz davon erholt hat. Aber die Affäre hat offenbar viel länger gedauert als die Ehe. Paige ist auf einer Geschäftsreise, von der sie momentan nicht wegkann, aber sie wird rechtzeitig zur Hochzeit hier sein. Meine andere Halbschwester heißt“, er spürte, wie sich seine Mundwinkel zu heben begannen, „Siobhan. Ihre Mutter ist Irin. Maura ist Dads Charme verfallen und wurde schwanger, bevor sie herausfand, dass Dad keine Ahnung hat, wie man ein treuer Ehemann ist. Siobhan ist ziemlich cool. Sie hat gerade erst das College beendet, aber sie hat jede Menge Mumm. Sie ist eine Baron mit einem irischen Touch.“

„Du magst sie wirklich.“

„Ich *liebe* sie. Familie bedeutet den Barons alles, egal, wie nahe man sich steht oder was für ein Trottel der Vater ist. Deshalb ist der Gouverneur auch so versessen darauf, für jedes Enkelkind einen Ehepartner zu finden.“

„Und warum du das dringende Bedürfnis verspürt hast, ein Date mitzubringen.“

„Eher ein Ablenkungsmanöver oder kleines Täuschungsmanöver. Wenn er denkt, dass ich mit jemandem ausgehe, wird er sich hoffentlich auf eines meiner Geschwister oder meine Cousins und Cousinen konzentrieren."

„Und wie viele dieser Cousins und Cousinen werden da sein?"

„Ehrlich gesagt weiß ich das nicht so genau, aber ich glaube, wir werden ein volles Haus haben. Jedes Mal, wenn wir eine Geburt oder eine Taufe feiern, wird das Ganze zu einem regelrechten Baron-Zirkus."

„Taufe? Hast du nicht gesagt, all deine Cousins und Cousinen seien ledig und um die Dreißig?"

„Ja, das habe ich. Ein paar meiner jüngeren Tanten und Onkel haben etwas später geheiratet und jüngere Kinder, und natürlich sind meine beiden Halbschwestern ein paar Jahre jünger als wir anderen. Ich erinnere mich sehr gut an ihre Taufen. Ich glaube, der Gouverneur hat sich da besonders viel Mühe gegeben, jedem einzubläuen, dass diese Mädchen ebenso Barons sind wie die Kinder meiner Mutter."

„Hatte eine deiner anderen Tanten oder Onkel eine zweite Familie?"

Er nickte. „Mein Onkel Doug hat zwei Kinder im späten Teenageralter, aber meine Tante Margie ist an Krebs gestorben. Eine Zeit lang war er verdammt nah dran, sich neben seiner Frau ins Grab zu legen."

„Aber dann lernte er seine jetzige Frau kennen?"

Chase nickte. „Meine Tante Eileen war die Mathelehrerin meines Cousins Adam. Adam war äußerst schlecht in Mathe, also hat er im Unterricht ständig Blödsinn angestellt."

„Und dein Onkel hatte ständig Termine bei der Lehrerin." C.J. lächelte. Ein süßes Lächeln, das in ihm den Wunsch weckte, es zu erwidern.

„Sie haben gleich nach Ende des Schuljahrs geheiratet. Und nur für den Fall, dass du neugierig bist: Adam ist Versicherungsmathematiker."

C.J.s funkelnde braune Augen wurden groß wie Schokoladenmünzen. „Ich dachte, er war schlecht in Mathe?"

„Das taten alle anderen auch. Wir sind uns nicht sicher, ob er in Mathe besser wurde, weil seine Stiefmutter Mathelehrerin war und ihn dazu gebracht hat, besser aufzupassen, oder ..."

„... ob er vorgegeben hat, schlecht in Mathe zu sein, damit seine Lehrerin seine Stiefmutter wird."

Chase nickte. „Ja."

„Du willst damit also sagen, dass ich bei so vielen Enkelkindern keine Angst haben muss, von deinen Großeltern verhört zu werden?"

„Ganz genau." Zumindest war das sein Plan.

KAPITEL ACHT

Jetzt verstand C.J., warum Kyle die Suiten frühzeitig gebucht hatte. Die freistehenden Häuser, die sich an einen niedrigen Sandhügel schmiegten – zumindest für texanische Verhältnisse war es ein Hügel –, mochten vielleicht zur modernen Architektur des Resorts passen, aber für sie sahen sie aus, als gehörten sie auf ein Weingut in der Toskana. Ihre Suite verfügte über drei Schlafzimmer, zwei Wohnbereiche, ein Arbeitszimmer, eine Waschküche, eine voll ausgestattete Küche – obwohl sie sich nicht vorstellen konnte, dass jemand, der es sich leisten konnte, hier zu wohnen, sich die Zeit nehmen würde, selbst zu kochen –, glänzende Parkettböden und einen fantastischen Blick auf den Ozean. Die umlaufende Veranda war das Tüpfelchen auf dem i.

„Dir wurde das große Schlafzimmer zugewiesen." Chase stand hinter ihr am Rand des weitläufigen Wohnzimmers.

An seinem Spiegelbild in der Fensterscheibe konnte sie erkennen, dass er sie beobachtete. Auch wenn sie ihm nicht direkt gegenüberstand, sondern sein Gesicht nur in einer spiegelnden Scheibe sah, verursachte das Wissen, dass sein Blick auf ihr ruhte, ein leichtes Kribbeln in ihrem Rücken. *Nur geschäftlich*, ermahnte sie sich und dieses verräterische Kribbeln. „Ich brauche das große Schlafzimmer nicht."

Er lehnte sich mit überkreuzten Knöcheln gegen

die Wand und sah einfach nur umwerfend aus mit seinem weißen Hemd, das er bis zu den Ellbogen hochgekrempelt hatte, und seiner Sonnenbrille auf dem Kopf, sodass sie in seine graublauen Augen blicken konnte. Dann zuckte er mit den Schultern. „Die anderen Schlafzimmer sind auch nicht übel."

C.J. drehte sich um, schaute nach links und rechts und dann die Treppe hinauf. Eine zweistöckige Suite. Wer hätte das gedacht?

„Alle Schlafzimmer sind im Obergeschoss. Das Hauptschlafzimmer befindet sich am Ende des Flurs. Deine Sachen sind schon ausgepackt und eingeräumt."

„Jemand hat meine Sachen eingeräumt?"

„Nicht irgendjemand. Das Zimmermädchen."

„Seit wann packen die Zimmermädchen für die Gäste aus?"

„Seitdem der Geschäftsführer des Resorts beschlossen hat, den Gästen der Luxussuiten auf Wunsch ein privates Zimmermädchen und einen Koch zur Verfügung zu stellen. Der Gouverneur wünscht sich immer einen persönlichen Service."

Warum überraschte sie das nicht? Für einen Mann, der als Oberstleutnant in den Ruhestand gegangen war, benahm sich Chases Großvater wie ein Fünf-Sterne-General, der es gewohnt war, dass auch die kleinsten Details in seinem Leben von anderen Leuten erledigt wurden. Natürlich stammte ein Großteil des Verhaltens seines Großvaters wahrscheinlich eher von dem Geld der Barons und seiner Zeit im Gouverneursamt als von seinen Jahren beim Militär. Vermutlich ja.

Sie drehte sich langsam um und hielt dann inne, um Chase direkt anzuschauen. Manchmal wünschte sie sich, sie könnte spontaner sein, wie ihre Schwester. Vielleicht könnte sie dann das Regelwerk über den Haufen werfen und ihren *Deal* neu verhandeln. Als sie erfahren hatte, dass ihre Schwester hier als Schauspielerin hatte tätig sein sollen, hatte sie sich ausgemalt, dass sie es mit einem reichen, alten Lustmolch zu tun haben würde. Angesichts dessen war es natürlich von entscheidender Bedeutung gewesen klarzustellen, dass es keine Intimitäten geben würde. Selbst als sie Chase zum ersten Mal gesehen und festgestellt hatte, dass er nicht alt war, sondern einfach nur gut aussah, hatte sie immer noch das Bedürfnis gehabt, sich vor dem Lüstling-Faktor zu schützen. Jetzt, wo sie Chase Baron betrachtete – gut aussehend, klug, rücksichtsvoll und, ja, charmant –, kam sie zu dem Schluss, dass Verhandlungen völlig überbewertet wurden. „Ich schaue mir die Zimmer mal an."

Chase rührte sich nicht, erwiderte nichts darauf, nickte lediglich.

Im ersten Stock ging sie den Flur entlang und warf einen Blick in jedes Schlafzimmer. Das erste war durchschnittlich groß und in hellen, luftigen Farbtönen gehalten. Im nächsten, das etwas größer war, lagen auf dem Nachttisch ein Schlüsselbund und die Brieftasche eines Mannes. Dies hier gehörte Chase. Er musste vorhin seine Taschen geleert haben, als er nach oben gegangen war, um nach ihrer Lieferung zu sehen. Das Hauptschlafzimmer war bei Weitem das größte Zimmer. Noch größer, als sie erwartet hatte, und natürlich mit einem Kingsize-Bett. Ein Bett, das für zwei Personen gedacht war. Das passte zu dem riesigen Whirlpool im Badezimmer, der ebenfalls für zwei Personen gedacht war. Die übergroße Dusche hingegen war groß genug für eine kleine Cocktailparty.

Die meiste Zeit ihres Erwachsenenlebens hatte sie auf dem Stützpunkt gelebt. Das war einfacher und billiger gewesen. Im Einsatz, nun ja, da hatte sie Glück gehabt. Als weiblicher Soldat hatte sie ein Zelt mit einem halben Dutzend oder weniger Kameradinnen erwarten können, anstatt der fünfzig oder mehr

Marines, die in einen menschlichen Ofen gepfercht waren. Aber zu keinem Zeitpunkt in ihrem Leben hatte sie jemals auch nur annähernd so einen Luxus erlebt. So viel zu einem Leben in zwei verschiedenen Welten. Bis heute war ihr nicht klar gewesen, wie viel die Wohlhabenden im Vergleich zu den *nichts Habenden* hatten.

„Ich hoffe, Sie sind mit dem Zimmer zufrieden." Eine junge Frau mit leichtem Akzent lächelte sie an. „Ich bin Rosa, das Zimmermädchen. Wenn Sie etwas benötigen, wählen Sie die Neun, um mich anzurufen. Mein Zimmer liegt neben der Küche, sodass Sie viel Privatsphäre haben."

„Vielen Dank. Ich bin sicher, ich komme schon zurecht." Sie hatte nicht die geringste Ahnung, worum sie ein Dienstmädchen bitten sollte.

„Nun gut. Mr. Baron hat um Limonade für die Terrasse gebeten. Ich werde jetzt gehen und mich darum kümmern."

C.J. nickte kurz. Limonade auf der Terrasse. Sie hatte das Gefühl, dass die Limonade nicht aus dem Supermarkt um die Ecke stammte, sondern dass Rosa die Zitronen auf die herkömmliche Art ausgepresst hatte.

„Gibt es ein Problem?" Diesmal gehörte die Stimme in der Tür zu Chase.

„Nein, alles in Ordnung, aber ich brauche das Hauptschlafzimmer dennoch nicht."

„Wir werden sowieso nicht lange hier sein. Ich habe Rosa gebeten, auf der Terrasse Limonade auszuschenken, aber ich fürchte, ich muss jetzt zur *Baroness*. Ich brauche meinen Laptop. Sobald ich mich um ein paar Details gekümmert habe, komme ich mit meinen Sachen zurück. Kommst du allein zurecht?"

„Natürlich." Sie hatte sich verdammt lange um sich selbst und alle um sie herum gekümmert. Sicherlich kam sie einen Nachmittag lang allein zurecht. Auch wenn sie sich wie ein Elefant im Porzellanladen fühlte.

„Wenn du Gesellschaft willst, Eve hat bereits ihre Suite bezogen. Meine Brüder spielen gerade Tennis mit einem Freund von Kyle, aber auch sie sollten bald ihre hiesigen Räumlichkeiten beziehen.“

„Klingt gut.“ Sie nickte.

Er nickte zurück, aber keiner von beiden rührte sich. Eine Sekunde lang hatte sie den Eindruck, sein Blick wäre über ihre Schulter zum Bett hinter ihr gewandert, aber er blinzelte und konzentrierte sich stattdessen auf sie. „Nun“, er räusperte sich und sah sie an, „ich sollte gehen.“

C.J. nickte erneut. Wie lächerlich war es, dass sie nicht wollte, dass er ging? Sie kannte diesen Mann weniger als vierundzwanzig Stunden und wusste so gut wie nichts über ihn, und doch vermisste ein Teil von ihr ihn bereits.

Er klopfte sachte gegen den Türrahmen und trat einen Schritt zurück. „Es wird nicht lange dauern.“

Sie beschloss, ihm nicht aus dem Zimmer zu folgen. Stattdessen wartete sie, bis sie die Tür unten ins Schloss fallen hörte. Dann fragte sie sich, was zum Teufel mit ihr los war.

Der Anruf aus seinem Büro hatte ihn unvorbereitet getroffen. Eve hatte recht gehabt. In den vergangenen Jahren hatte er sich zu sehr aus dem gesellschaftlichen Leben zurückgezogen und die Vertretung des Namens Baron bei Galas, Wohltätigkeitsveranstaltungen und Spendenaktionen seinen Geschwistern überlassen. Stattdessen hatte er sich auf Vorstandssitzungen, Fabrikinspektionen, Ausschüsse und das gelegentliche

Golfspiel beschränkt, wenn es darum gegangen war, einen weiteren Deal abzuschließen. In den vergangenen beiden Tagen war er so sehr damit beschäftigt gewesen, C.J. in seine Welt einzuführen, dass er die für heute geplanten Videokonferenzen ganz vergessen hatte.

„Hey, Bruder!" Kyle winkte ihm von einem Seitenweg aus zu. „Wo willst du denn so eilig hin?"

„Zurück zur *Baroness*. Ich habe eine Videokonferenz mit den Chefingenieuren des neuen Honolulu-Projekts." Er wedelte mit dem Handgelenk. „Vor zehn Minuten."

„Ich habe ein Büro auf der anderen Seite der Tennisplätze eingerichtet. Du kannst die Konferenz dort abhalten, wenn du willst." Kyle zeigte mit dem Daumen über seine Schulter und wandte sich dann an seine Brüder und seinen Freund. „Macht es euch etwas aus, einen kleinen Umweg zu machen? Oder ihr könnt das Spiel auch ohne mich beginnen."

Jack Preston zuckte mit den Schultern. „Nö, ich kann ein paar Minuten warten, bis ich dir den Hintern versohle."

„Du träumst wohl!", gab Kyle zurück.

Kopfschüttelnd wandte sich Jack an Chase. „Dein Bruder hat Wahnvorstellungen."

„Das habe ich auch gehört." Er lachte und ging neben Jack, einem von Kyles besten Freunden, her. „Ich habe gehört, dass du Eves Begleiter auf der Hochzeit bist."

„Korrekt." Jack schaute starr nach vorne.

Chase wusste nicht, was er davon halten sollte. Wollte der Kerl nur aufpassen, wohin er ging, oder vermied er es, ihm in die Augen zu sehen? „Wir sehen uns also auf der Ranch zum Familienessen?"

Jack schüttelte den Kopf. „Kann nicht. Ich habe heute Nachmittag nur Zeit für ein bisschen Tennis, dann muss ich für ein paar Tage nach Dallas fahren. Ich komme am Nachmittag der Hochzeit zurück nach Galveston."

„Ich kann immer noch nicht glauben, dass Andrew heiraten wird. Das ist genauso verrückt wie der Gedanke, dass mein Bruder Knaller-Kyle – der begehrteste Junggeselle der Welt – den Bund fürs Leben schließt."

Jack verlangsamte sein Tempo und lachte leise, dann flüsterte er Chase zu: „Ich weiß nicht, in wen oder wann, aber merk dir meine Worte: Wenn Kyle sich verliebt, dann heftig." Er grinste Chase wissend an. „Das gilt für euch alle."

Kyle schaltete das Licht ein. „Bitte sehr, Bruder. Alles, was du brauchst. Das Passwort für den Computer ist N, e, e, d, F, o, r, S, p, 3, 3, d."

„Ich hab's." Das Passwort seines Bruders, eine Abwandlung von *Need for Speed*, sagte ihm, dass Jack sich in Kyle völlig getäuscht hatte. Sein Bruder würde niemals so lange einen Gang runterschalten, dass eine Frau ihn einholen könnte. Chase ging zum Schreibtisch und zog den Stuhl heraus. „Habt ein gutes Spiel!"

„Werden wir!" Als er die Tür zuzog, steckte Kyle in letzter Sekunde noch einmal den Kopf herein. „Ich weiß, dass deine Verabredung nur kurz bei dir bleibt, aber nimm einen Rat von deinem klügeren Bruder an."

„Klüger, na klar." Chase schüttelte den Kopf und setzte sich an den Computer.

Kyle verdrehte die Augen. „Sie ist nicht das, was wir erwartet hätten. Du solltest deine Entscheidung vielleicht noch einmal überdenken. Eine weitere Baron-Hochzeit wäre doch nicht schlecht! Solange nicht ich derjenige bin, der heiratet, versteht sich."

„Wird nicht passieren!" Sein Bruder schloss die Tür hinter sich, und Chase konzentrierte sich auf den Bildschirm. Dumm nur, dass er die ganze Zeit an C.J. denken musste, wie sie sich über eine Tasse Kaffee aufgeregt und sich dann in einem lila Kleid vor ihm hin und her gedreht hatte. Plötzlich wurde ihm klar, dass diese Woche viel länger und riskanter werden würde, als er gedacht hatte. Und das konnte er nun wirklich nicht gebrauchen.

KAPITEL NEUN

Bei einem Spaziergang an der Küste musste C.J. zugeben, dass, wer auch immer das Gulf Coast Resort und den Golf Club entworfen hatte, das Konzept von Komfort und Luxus wirklich im Griff hatte. Es gab kaum einen besseren Ort, um sich zu entspannen, also vor der Kulisse der Küste von Galveston. Warum also war sie immer noch angespannter als eine Gitarrensaite aus Stahl?

„Da bist du ja!“

Die plötzliche männliche Stimme in ihrer unmittelbaren Nähe erschreckte sie. Instinktiv wirbelte sie herum, rammte dem Besitzer der Stimme einen Ellbogen in den Solarplexus und ergriff seinen Arm. Da erhaschte sie einen flüchtigen Blick auf Chases Gesicht, bevor sie ihre Bewegung zu Ende führte. Sie hatte nicht erwartet, dass er so schnell mit seinen Terminen fertig sein würde. In einem verzweifelten Versuch, ihn nicht auf den Rücken zu werfen, verlagerte sie ihr Gewicht und stolperte nach hinten, wobei ihre Füße abrutschten. Sie atmete heftig aus, in Erwartung, unsanft auf den Rücken zu fallen. Doch dann spürte sie, wie starke Hände sie festhielten und sie wie ein Bleigewicht auf Chase Baron plumpste.

Es dauerte eine Sekunde, bis dieser wieder zu Atem kam. Er starrte sie mit aufgerissenen Augen an und murmelte: „Alles in Ordnung?“

„Das wollte ich dich gerade fragen.“

„Ich wollte dich nicht erschrecken."

„Und ich wollte dich nicht zu Fall bringen."

Chase blinzelte in die Sonne, holte tief Luft und richtete den Blick dann auf sie. „Was machst du eigentlich beruflich?"

„Ich bin Krankenschwester." Eine, die nicht Medizin studiert haben musste, um zu wissen, dass sie wie ein Liebespaar aufeinander lagen – an einem öffentlichen Strand!

„Und wo hast du gelernt, dich so zu verteidigen? In der Bronx?"

„So ähnlich." Darüber wollte sie nicht sprechen. Schon gar nicht jetzt. Stattdessen besann sie sich auf das bisschen gesunden Menschenverstand, das sie vielleicht noch hatte, stemmte sich hoch und ließ sich neben ihm auf den Rücken fallen. Dann starrte sie in den blauen Himmel. „Es tut mir leid."

Chase rollte sich auf die Seite, stützte sich auf einen Ellbogen und starrte sie an. „Wer bist du, Cassandra Jane Lawson?"

Sie hatte keine Gelegenheit zu antworten. Bevor sie auch nur darüber nachdenken konnte, was sie darauf erwidern sollte, war ihr Verstand von der ersten Sekunde an, in der er seine Lippen sanft auf ihre presste, völlig leer. Wenn sie nach einem Weg gesucht haben sollte, sich selbst und den Verstand zu verlieren, so hatte sie ihn hiermit gefunden. Keine Hände. Keine Körperwärme. Kein körperlicher Kontakt außer dem sanften Druck seines herrlichen Mundes. Und dann, genauso unverhofft, wie er begonnen hatte, zog Chase sich zurück, und ihre Lippen zitterten beinahe angesichts des Verlusts. Himmel, wie gerne würde sie das noch einmal tun!

Chase war immer noch über sie gebeugt und betrachtete ihr Gesicht von der Stirn bis zum Kinn, hielt kurz bei ihren Augen und dann wieder bei ihrem

Mund inne. Das Feuer in seinen Augen, als er auf ihre immer noch prickelnden Lippen starrte, sagte ihr, dass er genauso wenig aufhören wollte wie sie. „Es gibt eine Änderung der Pläne fürs Abendessen."

Ihr Herz machte einen ängstlichen Sprung. Würden sie ihre Vereinbarung neu verhandeln?

„Kyle gibt ein kleines Festessen auf der *Baroness*."

„Sind nicht schon genug Familienessen anlässlich der Hochzeit geplant?"

Er hatte seinen Blick noch immer nicht von ihren Augen gewandt. Befürchtete er, dass er, wenn er auf ihre Lippen blickte, den Abend hier am Strand verbringen würde – zum Teufel mit der Öffentlichkeit? „Es geht nicht um die Hochzeit. Einer seiner besten Freunde bekommt ein Baby, und Andrew und Nancy haben die große Ankündigung verpasst. Sie wollen an der diesbezüglichen kleinen Feier teilnehmen, und ich habe es nicht übers Herz gebracht, Nein zu sagen."

„Wie viele Leute sind eine *kleine* Feier?" Unter den gegebenen Umständen war das eine ziemlich lächerliche Frage, aber sie war sich nicht sicher, ob sie heute Abend einen Auftritt im Kreise zahlreicher Barons hinlegen könnte.

„Die werdenden Eltern. Ein enger Freund von ihnen und dessen Frau. Und natürlich meine Geschwister. Ich glaube nicht, dass Eve ihr Date mitbringt."

C.J. rechnete in ihrem Kopf nach. Sie kannte die Geschwister bereits. Vielleicht würde heute Abend keine große Sache sein.

Chase stützte sich auf die Knie, stand auf und streckte ihr eine Hand entgegen. Beinahe fürchtete sie sich vor der Berührung, aber dann verschränkte sie die Finger mit seinen, sprang auf und knallte praktisch gegen seine Brust. Im Licht der untergehenden Sonne standen sie so nah beieinander, dass sie nur einen

Schatten auf den Sand warfen.

Kopfschüttelnd löste er den Griff um sie. „Wir müssen uns den Sand abwischen und zu Kyle gehen."

Sie nickte zustimmend, hin- und hergerissen zwischen dem Bedürfnis, den Kopf freizubekommen, um herauszufinden, was zum Teufel mit ihr los war, und dem Verzicht auf jeglichen gesunden Menschenverstand, um sofort neue Bedingungen auszuhandeln. Aber sie war nicht wie ihre Schwester. Dies war eine geschäftliche Vereinbarung. Regeln und geordnetes Arbeiten waren ihre Lebensgrundlage. Sie würde nicht wegen eines Kusses alle Vernunft über Bord werfen. „Wir sollten nun besser anfangen, unsere Rollen zu spielen." Solange sie besagte Rollen in einem Abstand von mehr als drei Metern zueinander ausüben könnten, würde alles gut gehen. Na gut, das war ungefähr so realistisch wie Grundstücke am Strand in Las Vegas verkaufen zu wollen.

Irgendwo in ihrem Hinterkopf gingen die Worte *Jacht* und *Luxus* miteinander Hand in Hand, aber nie hätte sie erwartet, dass die *Baroness* aussah wie die *Titanic*. Das Schiff hatte sogar einen eigenen Hubschrauber. Jeder Ort, an den Chase sie führte, war noch extravaganter als der vorherige. Helles Leder und blank poliertes Holz oder Marmor bedeckten jede Oberfläche, je nachdem, ob sie zum Sitzen, Stehen oder Servieren gedacht war. C.J. hoffte wirklich, dass ihr die Augen nicht aus dem Kopf sprangen. Das war so *gar nicht* ihre Welt. Von der Sekunde an, als sie und Chase aus dem Auto gestiegen waren und sie dorthin geblickt hatte, wo die Jacht vor Anker lag, hatte ihr Mund vor Staunen offen gestanden. Mit über dreißig Meter Länge und vier

Stockwerken wirkte das Ding wirklich so groß wie die *Titanic*. Verdammt, das kleine Boot, mit dem sie zur Jacht gebracht worden waren, war größer gewesen als die meisten Wohnungen, in denen sie je gelebt hatte. Jetzt stand sie an der Bar im Wohnzimmer des Oberdecks und hatte sich noch nicht getraut, sich auf die hübschen Ledermöbel zu setzen. Sie fühlte sich viel zu sehr wie ein Eindringling.

„Zu Ehren der werdenden Mutter haben wir Apfelmost oder Ginger-Ale." Chases Bruder Kyle, der als Barkeeper fungierte, deutete auf diverse Flaschen und Gläser, die zur Auswahl standen.

„Ein Ginger-Ale, bitte." Zögernd nahm sie das Glas entgegen. Allerdings war es kein gewöhnliches Glas, sondern geschliffenes Kristall. Auf einem Boot! Wie viel Geld hatten diese Leute? „Ich danke dir."

Kyle blickte sich um und entdeckte Chase und seine anderen Brüder, die sich auf der gegenüberliegenden Seite des enorm großen Wohnzimmers versammelt hatten. „Wie kommst du zurecht?"

„Bis jetzt gut, danke." Sie log. In einen Haufen Marines konnte sie sich problemlos einfügen, aber in dieser Welt war es viel zu wahrscheinlich, dass sie einen dummen Fehler beging.

„Du siehst aus, als hättest du etwas zu sagen, aber niemanden, dem gegenüber du es erwähnen kannst."

Interessante Beobachtung. Sie würde dem Besitzer dieses Schiffes sicher nicht sagen, dass es groß genug war, um ein Bataillon Marines zu transportieren. „Dein Boot ist wunderschön."

Er lachte leise. „Nun, zumindest eine Frau in diesem Gefolge denkt so. Andrews zukünftige Braut hatte kein Problem damit, mir mitzuteilen, dass sie es hasst. Sie sagt, es sähe aus wie die *Titanic*."

Dieses Mal musste C.J. ein Lachen unterdrücken. Sie hatte Nancy schon vorher sehr sympathisch gefunden, aber jetzt mochte sie sie wirklich. „Es ist ziemlich … beeindruckend.“

„So hat Nancy es nicht beschrieben. Gut, dass es nicht Andrews Boot ist, sonst hätte sie noch vor dem Ehegelübde ein wenig umdekoriert.“

„Die Leute dekorieren tatsächlich Boote um?“

„Na klar! Ein Zuhause fern von zu Hause, aber niemand wird dieses Baby in nächster Zeit umdekorieren. Ich mag es so, wie es ist.“

„Es gibt viel … Leder.“

„Das Beste für den Umgang mit Wasser und Feuchtigkeit. Wenn man eine Party schmeißt, zu der alle mit nassen Badeanzügen und Handtüchern kommen, riecht die Jacht schnell nach nassem Hund. Nicht so gut.“

Während sie sich umschaute, bemerkte C.J., dass alle Freizeitkleidung trugen, die vermutlich mehr gekostet hatte als das monatliche Haushaltsbudget so mancher Kleinstadt. Auch wenn sie ebenfalls so gekleidet war, kam sie sich vor wie ein Maultier in einem Stall voller Vollblüter. „Ich verstehe nicht, warum du etwas so Großes benötigst.“

Seine Ohren färbten sich dunkelrosa. „In meinem Beruf muss man auf viele Partys gehen. Dieses Schiff war schon überall, von Monte-Carlo bis Boston. Wenn ein Fest groß genug war, waren wir dabei. Manchmal habe ich sogar meine eigene Party veranstaltet.“

„Baggerst du die Frau deines Bruders an?“ Mit leerem Glas in der Hand neckte Andrew seinen Cousin und blickte dann auf, als seine Verlobte eine Hand auf den Bauch einer Frau am anderen Ende des Raumes legte.

C.J. war verblüfft von der Bewunderung in seinen Augen. Andrew besaß den Charme und das gute Aussehen der Barons, aber sie würde auch eine langfristige Beziehung mit einem viel weniger gut aussehenden und charmanten Mann eingehen, wenn er sie nur genauso ansehen würde. Und dann, wie durch eine stumme Vereinbarung, blickte Nancy auf, begegnete Andrews Blick und kam auf ihn zu.

Nancy, die künftige Baron, trat neben ihren Verlobten. „Sieht sie nicht strahlend aus?"

„Auf jeden Fall. Schade, dass sie dir nicht das Wasser reichen kann."

„Ach!" Nancy gab Andrew spielerisch eine Ohrfeige. „Halt die Klappe! Du weißt doch, dass ich nicht mehr abhauen kann."

C.J. trank einen Schluck von ihrem Ginger-Ale.

Nancy gab ihrem Verlobten einen Kuss auf die Wange. „Geh und rede mit deinen Freunden über Männerkram! Ich werde C.J. unterhalten."

Andrew drückte ihr einen zärtlichen Kuss auf die Schläfe, klopfte seinem Cousin auf die Schulter und murmelte: „Ich glaube nicht, dass wir hier erwünscht sind." Dann gingen die beiden Cousins zu seinen Brüdern und Freunden.

„Wie kommst du mit den Barons zurecht?"

C.J. widerstand dem Drang, nach einem Spiegel zu suchen und nachzusehen, wie sie aussah. Warum nur stellten ihr alle immer die gleiche Frage? Sah sie aus wie eine Frau vom Militär, die nicht in ihrem Element war? „So weit, so gut …"

„Lass dich nicht einschüchtern!" Nancy hob die Hand, um C.J. davon abzuhalten, noch mehr zu sagen. „Nicht, dass ich damit sagen will, dass sie Tyrannen sind oder so, aber reiche und mächtige Familien haben ein ganz eigenes Kraftfeld, und manche Leute haben es schwerer als andere, in ihrer Nähe zu sein."

„Sie sind ganz schön beeindruckend." Auf keinen Fall würde C.J. zugeben, dass dieses Familientreffen sie zu Tode ängstigte. Sie war keine Schauspielerin wie ihre Schwester. Inmitten all dieses Luxus hatte sie keine Ahnung, was sie dazu gebracht hatte zu glauben, dass Chase Baron eine Frau wie sie als Partnerin wählen würde. Vielleicht, wenn es ein Picknick in einem Park wäre. Aber wie sie diese Leute kannte, würde es trotzdem Leinentischdecken, Silberbesteck und Köche mit weißen Hauben geben.

„Sie sind alle gutherzige Menschen. Der Gouverneur war anfangs ziemlich ruppig zu mir, aber als er merkte, dass ich nicht hinter dem Geld her bin, war er wie ausgewechselt. Na ja, sagen wir, er wurde ein bisschen warmherziger."

„Militärs sind nicht dafür bekannt, warmherzig zu sein, schon gar nicht Oberstleutnants."

„Bist du mit den Marines vertraut?"

C.J. nickte. „Das war einmal."

Nancy betrachtete sie aufmerksam. „Der Trick ist, sich daran zu erinnern, dass sie unter all den Verkleidungen die gleichen sind wie du und ich. Menschen aus Fleisch und Blut mit Hoffnungen und Träumen." Ihr Blick wanderte zu Mitch. „Und Kummer."

„Er hat seine Frau sehr geliebt, nicht wahr?"

„Ich weiß es nicht aus erster Hand, aber für mich sieht es ganz so aus. Andrew sagt, anfangs schien Mitch in einem ständigen Nebel zu sein. Er hat sich noch nicht ganz davon erholt, aber es scheint ihm etwas besser zu gehen. Ich hoffe, dass das Motto des Resorts auf ihn abfärbt, während er sich hier aufhält."

„Motto?"

„*Kommen Sie nach Gulf Shores, ziehen Sie Ihre Schuhe aus und verlieben Sie sich.* Soweit ich weiß, hat sich das irgendein Marketing-Guru ausgedacht. Ich vermute, Mitchs Problem ist, dass er seine Schuhe nicht ausgezogen hat."

„Danke für die Vorwarnung. Ich werde daran denken, meine anzubehalten."

Wieder musterte Nancy C.J. eindringlich, dann wanderte ihr Blick zu Chase und wieder zurück. „Ich weiß nicht so recht."

C.J. schaute über den Rand ihres Glases hinweg zu Chase. Sie wusste, dass es ein großer Fehler wäre, ihre Schuhe auszuziehen, wenn Chase Baron im Spiel war. Öl und Wasser vertrugen sich nicht.

KAPITEL ZEHN

Den ganzen Abend über hatte Chase den deutlichen Eindruck, dass C.J. ihm aus dem Weg ging. Zuerst hatte sie steif und distanziert gewirkt. Nervös vielleicht. Oder einfach nur beobachtend. Er konnte es bei ihr wirklich nicht sagen. Als das Abendessen in Buffetform auf dem Sonnendeck serviert wurde, hatte sie sich bereits mit den anderen Frauen angefreundet und schien entspannter zu sein. Er hatte sie sogar dabei erwischt, wie sie ein wenig mit seinem Bruder Mitch geplaudert hatte. Zuerst hatte er sich nichts dabei gedacht. Mitch war Politiker, er konnte sich mit jedem gut unterhalten. Er war gut darin, Menschen für sich zu gewinnen.

Erst als Chase die beiden beim Dessert in ein tiefes Gespräch vertieft sah, bekam er ein ungutes Gefühl im Bauch, und als er sich in das Gespräch einmischen wollte, entschuldigte sich C.J. mit der Begründung, sie müsse auf die Toilette. Die Art und Weise, wie Mitch ihr nachsah, ließ Chases Bauchgefühl intensiver werden.

„Ihr beide scheint euch gut zu verstehen." Chase bemühte sich um eine gewisse Nonchalance. Normalerweise fiel ihm das im Geschäftsleben leicht. Dazu gehörte auch, dass man sich nicht ins Schwitzen bringen ließ. Aber in seinem Privatleben und bei diesem Bruder war er sich nicht sicher, ob er das durchziehen konnte.

„Hey", erwiderte Mitch, „jede Frau, die über Politik reden will, hat meine ungeteilte Aufmerksamkeit."

„Ihr habt über Politik gesprochen?"

Sein Bruder nickte. „Sie hat sehr fundierte Ansichten über das Militär und die Rolle der USA im Nahen Osten. Außerdem einige interessante Fakten." Er kniff gedankenverloren die Augen zusammen. „Der Gouverneur wird sie mögen."

„Der Gouverneur wird hoffentlich nicht viel Gelegenheit haben, mit ihr zu plaudern. Und du solltest besser jemanden finden, den du zu diesen Veranstaltungen mitbringst, sonst könntest du dich am kurzen Ende seines Verkupplungsstabs wiederfinden."

Mitch schüttelte den Kopf. „Nein, ich nicht. Er hat ein Auge auf die alleinstehenden Jungs geworfen."

Chase hielt sich zurück, bevor er mit der schmerzhaften Erinnerung herausplatzen konnte, dass Mitch tatsächlich Single war. Stattdessen zwang er sich zu einem Lächeln. „Das werden wir ja sehen."

Eine kühle Brise in der Bucht ließ die Gäste auf dem Deck verweilen, anstatt sich in den klimatisierten Innenbereich zu begeben. Gelegentlich hörte Chase das Lachen der Frauen, die von Babys, Brautjungfernkleidern und Kuchenverkostungen sprachen. Die Männer unterhielten sich hauptsächlich über Sport, außerdem über die Wall Street und die bevorstehenden Wahlen. Als sich die ersten Gäste verabschiedeten, sah Chase Mitch und C.J. mal wieder plaudernd zusammenstehen, mit Ginger-Ale-Gläsern in den Händen.

Aber dieses Mal ließ C.J.s Lachen das ungute Gefühl in seinem Bauch seine Wirbelsäule hinauffahren und sich in seinem Kiefer festsetzen. Er konnte nicht an einer Hand abzählen, wie oft er Mitch in den vergangenen Jahren aufrichtig hatte lächeln sehen, und heute Abend – zum ersten Mal seit langer Zeit –

erreichte dieses Lächeln seine Augen. Und das führte dazu, dass Chase noch stärker mit seinen Backenzähnen knirschte. Das hier gefiel ihm ganz und gar nicht. Er hatte C.J. als Erster gefunden.

Er holte tief Luft und schloss die Augen. Ihre geschäftliche Vereinbarung hatte sie überhaupt erst hierhergebracht. Selbstverständlich war es nur natürlich, dass er sie beschützen wollte. Sogar vor seinem Bruder. Was den Kuss anging, so war dieser eine natürliche Reaktion gewesen, nachdem sie ihn wie eine Judo-Kämpferin zu Boden geworfen und er praktisch auf ihr gelegen hatte. Der Kuss hatte nichts zu bedeuten gehabt. Ein Reflex nach dem Schock und ein wenig Chemie. Das musste es gewesen sein.

Chase ging zu ihnen und stellte sich neben die Sitzecke, wo Mitch und C.J. kicherten. „Sieht aus, als wäre es Zeit, Feierabend zu machen.“

„Oh.“ C.J. bewegte das Handgelenk. „Mir war nicht klar, wie spät es ist.“

„Du weißt ja, was man sagt“, Mitch zuckte mit den Schultern, „die Zeit vergeht wie im Flug, wenn man sich amüsiert.“

Ihre Schultern entspannten sich, und sie legte den Kopf schief. „Ja, so ist es.“

Kyles Worte von neulich kamen ihm in den Sinn. *Sie ist nicht das, was wir erwartet hätten. Du solltest deine Entscheidung vielleicht noch einmal überdenken. Eine weitere Baron-Hochzeit wäre doch nicht schlecht!* Zumindest in einem Punkt hatte sein Bruder recht gehabt: C.J. war mehr, als alle erwartet hatten. Bevor Chase etwas Dummes wie *sie gehört mir* oder noch schlimmer *kauf dir dein eigenes Date* rufen konnte, trat er einen Schritt zurück und streckte eine Hand aus. „Wollen wir?“

C.J. nickte, stand auf, nahm aber nicht seine Hand. „Es war nett, mit dir zu plaudern.“

„Ja, das war es." Mitch streckte eine Hand aus, und Chase biss wieder auf seine Backenzähne, als sie sie ergriff und schüttelte.

„Wir sehen uns morgen beim Abendessen", sagte sie leise.

„Und vergiss nicht", erwiderte Mitch lächelnd, „der Gouverneur bellt heutzutage meistens nur noch."

„Das werde ich mir merken." Sie senkte das Kinn und machte auf dem Absatz kehrt.

Chase murmelte: „Gute Nacht!" zu seinem Bruder und drehte um, ohne etwas zu sagen, was er nicht mehr zurücknehmen könnte. Und ohne etwas zu tun, wofür er in den Knast kommen könnte.

Das, wovor sie sich den ganzen Abend gefürchtet hatte, schwebte über ihr wie der Tower von London in den Zeiten von Hinrichtungen. Egal, wie viele tausend Quadratmeter oder wie viele Schlafzimmer die Suite hatte, nichts davon fühlte sich groß genug für sie beide an.

Sie schluckte schwer und sprach während der kurzen Fahrt zurück zu ihrer Suite nur wenig, abgesehen von einer kurzen Bemerkung über die Party oder das angenehme Wetter. Ein Gefühl der Unruhe legte sich mit dem Abendnebel über sie.

„Hereinspaziert!" Chase schob die Schlüsselkarte in das Schloss und stieß die Tür auf.

Ohne all das helle Sonnenlicht fühlte sich der zuvor große Raum wesentlich beengter an. Und intimer.

„Nun …" C.J. ließ ihre Handtasche auf einen der Sessel fallen und schaute zur Treppe.

„Möchtest du etwas zu trinken? Tee, Kaffee?"

Ja, etwas, um das sie ihre Finger schließen könnte,

damit sie sie nicht um ihn schlang. „Für Kaffee ist es zu spät, aber Tee wäre schön. Ich werde welchen machen."

„Nicht nötig. Das Dienstmädchen hat sich wahrscheinlich schon den ganzen Tag gelangweilt und auf eine Beschäftigung gewartet."

„Willst du sie um diese Uhrzeit belästigen?"

Chase schaute auf seine Uhr und zuckte mit den Schultern. „Es ist erst elf."

„Nein", beharrte C.J. „Ich kann eine Tasse Tee genauso gut in der Mikrowelle erwärmen wie jeder andere auch."

Eine Sekunde lang schien Chase über ihre Antwort schockiert zu sein, doch dann hob er erneut lässig eine Schulter. „Wie du meinst."

In der Küche suchte sie in einigen Schränken nach Tassen.

Chase öffnete eine Schublade mit Löffeln und Servietten. „Du und Mitch scheint euch gut verstanden zu haben."

„Er ist ein netter Kerl. Das ist Kyle auch. Ich hatte nicht viel Gelegenheit, mit Craig zu reden."

Chase holte aus einem anderen Schrank Untertassen heraus. „Du redest gern über Politik?"

„Nicht wirklich." Tatsache war, dass Mitch ihr schrecklich leidgetan hatte. Wenn er unaufmerksam war, lag in seinen Augen eine Traurigkeit, die unübersehbar war. „Er hat seine Frau sehr geliebt, oder?"

Chase holte tief Luft. „Ja. Sie hatten sich im College kennengelernt. Abie war etwas ganz Besonderes. Klug, frech und konnte alle Barons im Zaum halten. Sogar den Gouverneur."

„Darauf wette ich. Das habe ich daran gemerkt, wie er über sie gesprochen hat."

Chase legte das Silberbesteck klirrend auf den

Tisch und drehte sich um. „Er hat über Abie gesprochen?"

C.J. nickte.

„Er redet nie über sie. Ich meine, ihr Name wird zwar gelegentlich erwähnt, aber er *redet* nie über sie."

„Oh!" C.J. nahm die heißen Tassen aus der Mikrowelle. „Vielleicht würde es ihm leichter fallen weiterzuziehen, wenn er mehr über sie reden würde."

„Ich weiß es nicht. Keiner von uns weiß es. Selbst der Gouverneur ist in seiner Nähe vorsichtig, und das ist normalerweise nicht seine Art."

„Das habe ich schon gehört." C.J. lehnte sich gegen den Tresen und pustete in ihren Tee. „Die Damen waren auch sehr nett. Ich dachte, sie wollten mich veräppeln, als sie mir sagten, dass Nancy Seifen herstellt."

„Lach nicht! Ihr Seifengeschäft läuft sehr gut."

„Das sagte sie auch. Die perfekte Kombination von Geschäftssinn mit biologischem Anbau und dem Trumpf *Made in the USA*." C.J. trank vorsichtig einen Schluck. Das heiße Gebräu brannte auf ihrer Zungenspitze, aber sie schluckte trotzdem. Besser ihre Zunge als andere Stellen, die bereits ganz heiß waren. „Ich glaube, ich mache Feierabend für heute."

„Ja, klar." Chase stellte seine nicht angerührte Tasse auf den Tisch und folgte ihr die Treppe hinauf.

Wie konnte es sein, dass er mehr als einen Schritt hinter ihr war und sie dennoch die Wärme seines Körpers so deutlich spürte, als würde er sich an sie pressen? Und waren das nicht Gedanken, die sie eigentlich tunlichst vermeiden sollte? Da sie es nicht wagte, sich umzudrehen, weil sie wusste, dass ihre militärische Entschlossenheit dahin wäre, wenn sie ihn sähe, sprach sie erst, als sie ihre Zimmertür erreicht hatte. „Gute Nacht."

Leise drang Chases Stimme von seiner Tür herüber, tiefer und heiserer als sonst. „Nacht.“

Vierundzwanzig Stunden mit Chase, und schon drohte die Fassade ihres Spiels zu bröckeln. Wie sollte sie nur den Rest der Woche überstehen?

KAPITEL ELF

Es war erst sechs Uhr morgens, aber Chase sehnte sich bereits nach einer kalten Dusche. Gestern Nacht hatte er lange geduscht. Nicht, dass es ihm geholfen hätte, besser zu schlafen. Wenn er wieder in Dallas war, sollte er öfter sein Büro verlassen und etwas mehr Zeit in weiblicher Gesellschaft verbringen. Wie traurig war es, dass ihn eine Angestellte – sozusagen – aus der Fassung gebracht hatte? Fürs Erste könnte ein langer Lauf am Strand helfen, seinen Frust abzubauen.

Das einzige Problem bei diesem Plan war C.J. selbst. Sie wartete unten auf ihn und sah selbst in ihren kastanienbraunen Joggingshorts und einem übergroßen khakifarbenen T-Shirt so umwerfend aus wie in dem lila Kleid.

Kurzes jungenhaftes Haar, kein Make-up und ein T-Shirt, das groß genug für einen Sumo-Ringer war, hätten ihr im Morgengrauen nicht so verdammt gut stehen dürfen. Es half auch nicht, dass C.J. umwerfende Beine hatte, die ihr bis zum Hals zu reichen schienen. Diese Frau kannte sich definitiv mit körperlicher Betätigung aus. Er hatte sich immer für einen Mann mit einer Vorliebe für Brüste gehalten. In diesem übergroßen T-Shirt war es unmöglich zu sagen, ob C.J. überhaupt welche hatte, aber verdammt, was waren das für Beine! Wohlgeformt, durchtrainiert, stark, und wenn er nicht gleich an etwas extrem Unangenehmes dachte, wie chinesisches Waterboarding, würde er sich auf einen gefährlichen Weg begeben. „Bereit?"

„Mehr als das."

Sie hatte die Tür geöffnet und war den Weg hinuntergejoggt, bevor er den ersten Schritt gemacht hatte. Es dauerte ein paar Minuten, bis sie einen Rhythmus gefunden hatten, der für sie beide passte. Er war es nicht gewohnt, am Strand zu joggen, und bis er auf C.J.s Seite in den festeren Sand wechselte, tat er sich ein wenig schwer. Nicht, dass er das jemals zugeben würde …

Daran, wie C.J. ein gleichmäßiges Tempo hielt, konnte er erkennen, dass Laufen für sie definitiv zur Routine gehörte. Die Sonne kroch über den Horizont und verwandelte das triste Grau in blaue und rosafarbene Streifen, die schließlich gelb über dem Wasser leuchteten, während die wenigen Wölkchen bunte Farbtöne annahmen.

„Ich liebe den Sonnenaufgang." C.J. wurde langsamer.

„Was ist mit dem Sonnenuntergang?"

„Den auch, aber das Versprechen eines neuen Tages, eines Neuanfangs, hat etwas, das mir mehr Frieden gibt."

„Suchst du nach Frieden, C.J.?"

Den Blick in die Ferne gerichtet, ging sie aus dem Trab in einen sanften Schritt über. „Ich glaube, das tue ich. Was ist mit dir?"

„Mir?" Er verkürzte seine Schritte, um mit ihrem langsameren Tempo mitzuhalten. „Mein Leben ist sehr friedlich."

„Deshalb also muss man für Familienfeiern Termine vereinbaren?"

„*Einen* Termin. In der Einzahl. Und das liegt daran, dass mein Leben kompliziert ist, nicht unfriedlich."

C.J. nickte. „Verstanden."

„Gut." Er blieb stehen und beugte den Oberkörper zunächst nach links, dann nach rechts. „Vielleicht, nur vielleicht, beneide ich Andrew ein wenig."

„Ah!" C.J. schaute ihn von der Seite an und blinzelte.

„Andrew hat, wie Kyle, immer hart gefeiert. Der stereotypische Partyboy. Der begehrteste Junggeselle. Welches Adjektiv auch immer du willst, man hat ihm alle verpasst. Und doch lebte er ein Leben, von dem die meisten Männer träumen. Er hätte eigentlich der glücklichste Mann der Welt sein müssen."

„Aber er war es nicht", sagte C.J., anstatt zu fragen.

„Ich weiß nicht, ob das überhaupt einer von uns tief im Inneren ist." Das Eingeständnis überraschte ihn. Er hatte das in letzter Zeit immer öfter gedacht, aber es laut auszusprechen, war verblüffend. Er hatte sich eingeredet, dass die Leitung von Baron Enterprises die einzige Erfüllung war, die er brauchte. Irgendwo in seinem Hinterkopf hatte er immer gewusst, dass Dinge emotionale Stabilität nicht ersetzen konnten. Seine Mutter war ein lebendes Beispiel dafür gewesen, dass man mit Geld und Macht keinen Frieden und kein Glück kaufen konnte. Und doch schienen Geld und Macht das Einzige zu sein, woran die Frauen, mit denen er ausgegangen war, interessiert waren. Erst mit Mitch und Abie hatte Chase die wahre Liebe in Aktion erlebt, und dass nur ein Bruder die wahre Liebe gefunden hatte, hatte Chase leicht als Zufall abtun können. Ein Glücksfall, der nur einmal im Leben vorkommt. Nur hatte jetzt ein anderer seiner Generation den Jackpot geknackt. Seine Theorie hatte also einen Haken.

„Ich wünschte, ich könnte sagen, dass du zynisch bist." C.J. sah sich um. „Ich glaube, wir haben das Resort weit hinter uns gelassen. Wenn wir zu Fuß zurückgehen, brauche ich etwas Energie."

Chase suchte die Straße ab. „Nicht weit von hier gibt es ein wunderbares kleines Bistro, das die besten Brioches serviert ...“

„Ich habe eine bessere Idee.“ Ihre Augen leuchteten hell auf, und sie lief in langsamem Trab los.

Chase verfiel neben ihr in einen langsameren Schritt. „Wohin gehen wir?“

„Dorthin.“

Sie deutete in die Ferne, aber zwischen dem Strand und dem Park vor ihr gab es kein Gebäude, das wie ein Restaurant aussah. „Ich sehe nichts.“

„Das liegt daran, dass du nicht hinschaust.“

Natürlich schaute er hin. Er strengte seine perfekte Sehkraft an und suchte.

An der Bordsteinkante wurde sie langsamer. „Diese Trucks haben immer das beste Essen.“

Trucks? Und tatsächlich, sie ging direkt auf einen großen silbernen zu, aus dessen Seite ein Fenster herausgeschnitten war. „Dir ist schon klar, dass diese Dinger vermutlich Keimfabriken sind? Das Chez Moi ist nicht weit von hier.“

„Unsinn! Das Essen ist total lecker. Ich habe fast zwei Tage lang einen Crashkurs in deiner Welt gemacht. Das Mindeste, was du tun kannst, ist, ein Frühstück aus einem Foodtruck zu probieren.“

Und mir eine Lebensmittelvergiftung holen, na gut. „Nach dir, bitte!“

Er hatte keine Ahnung, warum jemand mit Geld joggen ging, aber C.J. hatte ein kleines Plastiketui an einer Schnur um den Hals hängen, mit Bargeld, ihrer Kreditkarte und ihrem Führerschein. Wer zum Teufel brauchte schon einen Führerschein, um am Strand zu joggen? Aber er bewunderte ihren Sinn für Praktisches. Sie hatte ihm einen Frühstücks-Burrito mit allem Drum und Dran bestellt. Er hatte nicht gewusst, wie viele verschiedene Zutaten in einem einzigen Wrap sein konnten.

Während er die beiden riesigen, in Alufolie eingepackten Dinger in der Hand hielt, bezahlte C.J. das
Frühstück und zwei Orangensäfte. Chase jonglierte die
Burritos und Getränke und sagte achselzuckend: „Tut
mir leid, dass ich nicht mit Bargeld joggen gehe." Oder
mit Kreditkarten. Mit dem Namen Baron genügte in
den besten Lokalen jeder Stadt eine Unterschrift, um
die Bezahlung zu garantieren.

„Ich zum Glück schon." Sie nahm ihm einen
Orangensaft aus der Hand sowie einen eingepackten
Burrito. „Komm, Frühstücken wird unter einem der
schattigen Bäume im Park angenehmer sein."

Chase war neugierig, was alles in seinem asteroid-
großen Frühstücks-Wrap war, widerstand aber der
Versuchung, unter die Folie zu schauen, und lenkte sich
stattdessen ab, indem er C.J.s süßes Hinterteil über die
Straße zum Park wackeln sah.

„Hier ist ein guter Platz." Sie ließ sich auf die
Gartenbank plumpsen und packte sofort ein Ende ihres
Burritos aus.

Der große Baum, den sie ausgesucht hatte, sah für
ihn genauso aus wie die drei anderen, an denen sie auf
dem Weg hierher vorbeigekommen waren. „Ich fand
den vorherigen Baum auch gut."

„Das liegt daran, dass du dir nicht die Zeit genommen hast, dich wirklich umzusehen." Sie hielt den
riesigen Burrito in beiden Händen, bereit, davon
abzubeißen, und sah zwischen ihren dichten Wimpern
zu ihm auf. „Erstens hat dieser Baum breitere Äste. Die
Sonne wird uns nicht blenden, bevor wir mit dem
Essen fertig sind. Zweitens fehlt bei der Bank am
anderen Baum eine Latte. Drittens können wir von hier
aus den Spielplatz sehen. Es gibt nichts Schöneres, als
wenn ein Kind über die alltäglichsten Dinge lacht und
sich über Kleinigkeiten freut. Eigentlich ist es noch zu
früh für Mütter und ihre Kinder, aber bei meiner

Schwester kommen manchmal ein oder zwei Mütter vorbei, um die Kinder zu beschäftigen. Vielleicht sind sie auch hier."

Da Chase nicht wusste, was er darauf erwidern sollte, nickte er nur und schaute sich kurz um. Mit den Latten und dem Schatten hatte sie recht, aber von den Kindern hatte er keine Ahnung. Bei Baron Industries oder den Familienfesten liefen nicht viele herum – ein Grund, warum sein Großvater öfter Tiraden über die Eheschließung gehalten hatte.

C.J. nahm einen Bissen und stöhnte vor Vergnügen. Chase hingegen stöhnte vor Unbehagen angesichts der riesigen, unhandlichen Portion.

Sie rümpfte die Nase angesichts seines Verhaltens und schluckte einen weiteren großen Bissen hinunter. „Also, was denkst du?"

Bevor er ganz hineinbeißen konnte, hatte er ein paar Zutaten identifizieren können. „Ich habe keine Ahnung, was außer Eiern und Kartoffeln und vielleicht etwas Speck noch drin ist. Aber wow, der ist wirklich gut."

„Ich hab's dir ja gesagt."

Das war die beste Mischung aus Eiern, Kartoffeln, Speck und wer weiß was noch alles, die er je gegessen hatte. Er inhalierte das verdammte Ding praktisch, so lecker war es.

Sie kaute ihren letzten Bissen, zerknüllte die Folie zu einem Ball und warf sie in einen nahe gelegenen Mülleimer.

Es waren keine Kinder gekommen. So früh am Sonntagmorgen war das jedoch keine Überraschung. Er wünschte jedoch, es wäre anders gewesen. Irgendetwas sagte ihm, dass es ihm gefallen hätte, C.J.s Gesicht zu sehen, während sie kleine, umherwuselnde Kinder beobachtete. Hatte die Babyfeier gestern Abend sie an ihre stetig tickende biologische Uhr erinnert? Oder saß sie immer im Park und sah Kindern beim Spielen zu? Es hatte auf jeden Fall so geklungen, als ob sie das tun würde.

„Wann warst du das letzte Mal auf einer Schaukel?", fragte C.J.

„Ich bin mir nicht sicher, ob ich jemals auf einer Schaukel war. Meine Mutter war nicht der Typ, der mich zum Spielen in den Park mitgenommen hat."

„Das ist einfach ein Verbrechen gegen die menschliche Natur. Alle Kinder sollten auf Schaukeln spielen." Sie streckte eine Hand aus und zerrte an dem Zipfel seines T-Shirts. „Komm mit!"

Während des gesamten kurzen Spaziergangs ließ C.J. Chases Shirt nicht los. Und dann saß er auf einmal auf der höchsten Schaukel der Anlage, und C.J. zeigte ihm, wie er seine Beine bewegen sollte. „Höher!", rief sie. Bald saßen sie beide auf einer Schaukel und flogen vor und zurück, höher als der oberste Balken. Als sie in die entgegengesetzte Richtung zurückpendelten, lehnte sich C.J. nach hinten und quietschte vor Vergnügen.

Das Lächeln auf seinem Gesicht wurde breiter und breiter. Er war sich nicht sicher, was aufregender war, das Vor und Zurück auf der Schaukel oder das Lächeln auf C.J.s Gesicht, als sie höher flog. Mehr als ein- oder zweimal fragte er sich, ob das Metallgestell vom Boden abheben und sie mit sich reißen würde.

„Mommy, schau mal! Wie du und Daddy." Ein kleines Mädchen, das Chase nicht einmal bis zur Hüfte reichte, kam auf die Schaukel zu gerannt und grinste ihn an. „Mein Daddy schiebt meine Mommy manchmal auf der Schaukel an, und das bringt sie zum Lachen. Kannst du mich anschieben?"

„Carolyn!", rief die Mutter und lief hinter ihrer Tochter her. Mit nur einer Geste bedeutete sie ihr, neben sie zu kommen, und ergriff ihre Hand. Die beiden schlenderten auf die Schaukeln zu, und als sie

sie erreicht hatten, hatten sowohl er als auch C.J. ihre Plätze bereits geräumt.

„Ich wollte Sie nicht belästigen." Die Mutter ließ die Hand des kleinen Mädchens los und legte ihre Hände auf ihren runden Bauch. „Ich kann meistens nicht mit ihr mithalten. Es tut mir leid, wenn sie Sie gestört hat."

„Unsinn!" Chase lächelte die Frau an. „Aber ein Gentleman lehnt niemals die Bitte einer Dame ab."

Die Mutter starrte ihn ausdruckslos an, bis die kleine Carolyn ihn wieder angrinste, und als er nickte, huschte sie zum untersten Schaukelsitz und wartete darauf, dass er ihr einen kleinen Schubs gab. Schon bald wippte sie mit den Füßen hin und her und rief wie C.J., dass sie höher wollte. Leider schüttelte ihre Mutter den Kopf. Die kleine Carolyn würde warten müssen, bis sie älter war, um höher zu fliegen. In diesem Moment rannte ein anderes kleines Mädchen auf Carolyn zu, und er und die Schaukel waren vergessen, als die beiden Kinder zu den Kletterstangen eilten. „Sieht aus, als hätte man mich fallen lassen", stichelte er.

„Sei nicht traurig! Frauen sind für ihre Wankelmütigkeit bekannt." C.J. joggte auf der Stelle und zeigte mit dem Kopf in Richtung Strand. „Wir sollten sowieso zurückgehen. Bist du bereit?"

„Auf jeden Fall! Der Letzte schiebt den anderen einen ganzen Monat lang auf der Schaukel an." Chase rannte los. Er hatte Spaß gehabt. Richtig viel Spaß. Und das hatte nicht nur an der Schaukel oder dem Foodtruck gelegen, sondern an der Person, die ihn in beides eingeführt hatte. In eine sanftere, einfachere Seite des Lebens. Überrascht von C.J.s Fähigkeit, mit ihm Schritt zu halten, gab er ein bisschen Gas. Normalerweise würde er sich zurückhalten und ein Gentleman sein, um der Dame einen Vorsprung zu gewähren, aber plötzlich war ihm der Gedanke daran, die echte C.J. Lawson besser kennenzulernen, wichtiger als Ritterlichkeit.

KAPITEL ZWÖLF

So, wie man C.J. das Ganze erklärt hatte, schienen Andrew und Nancy die Einzigen zu sein, die in absehbarer Zeit den Stammbaum um Urenkel erweitern würden, und der alternde Patriarch wollte daher mehr Zeit in Houston verbringen. Der Gouverneur dachte wahrscheinlich, er könnte sie überreden, den Clan eher früher als später zu vergrößern, aber in Wahrheit liebte er die Familienranch einfach zu sehr. Wenn es nach ihm ginge, würde er wahrscheinlich für jedes Enkelkind an dessen Hochzeitstag ein Haus bauen, aber mehr als eine Autostunde von den nördlichen Vororten Houstons entfernt, tat er gut daran, die Familie einfach regelmäßig zum Sonntagsessen einzuladen.

Was C.J. allerdings lächerlich fand, war, dass sie für das Abendessen eine kleine Reisetasche packen musste. Normale Menschen zogen sich ganz normal an, fuhren ganz normal zum Abendessen, aßen eine ganz normale Mahlzeit und kehrten nach dem Essen in ihr normales Haus zurück. Natürlich gab es bei der Familie Baron nichts, was in die Kategorie *normal* oder *gewöhnlich* fiel. Nach dem, was man ihr gesagt hatte, würden sie am Nachmittag in Business-Casual-Kleidung erscheinen. Lila Baron würde höchstwahrscheinlich am späten Nachmittag Tee servieren. Die Familienmatriarchin hatte zwar keine britische Abstammung, aber ihr Vater war viele Jahre lang in

England stationiert gewesen, und sie hatte Gefallen an der *Tea Time* gefunden. So konnte C.J. gegen vier Uhr damit rechnen, mit den Frauen der Familie beim Tee zu sitzen. Um sechs Uhr würden sie sich auf ihre Zimmer zurückziehen und sich für das Abendessen umziehen. Chase hatte erklärt, dass die Kleidung für das Sonntagsessen normalerweise in die Kategorie Kirchenkleidung fiel. Manchmal, wenn es etwas zu tun gab, sah man die Familie in Jeans und Stiefeln, aber für diesen Besuch hatte der Gouverneur die Kleidung als Black Tie festgelegt. Das Abendessen würde pünktlich um 20 Uhr serviert werden, sodass sich alle Familienmitglieder spätestens um 19 Uhr zum Cocktail versammeln würden.

„Du solltest dir für morgen etwas zum Umziehen mitnehmen." Chase steckte den Kopf in ihr Zimmer, da die Tür nur angelehnt war. „Das Abendessen wird länger dauern, und der Gouverneur wird natürlich alle davon überzeugen, dass es besser sei hierzubleiben, anstatt nachts wieder zurückzufahren."

C.J. hob fragend eine Augenbraue.

„Ich weiß. Er denkt, weil er nachts nicht mehr sehen kann, können wir anderen das auch nicht."

Jetzt wurde ihr klar, warum Chase darauf bestanden hatte, ihr ein komplettes Kofferset zu kaufen, das zu ihrer neuen Garderobe und dem Satin-Nachthemd und -Bademantel passte. Nicht, dass jemand sie in ihrem Nachthemd sehen sollte, aber soweit sie wusste, würden Dienstmädchen und Butler in ihrem Zimmer ein und aus gehen wie in einer modernen Folge von *Downton Abbey.* „Nachmittagskleidung, Abendgarderobe, Frühstückskleidung. Muss ich etwas Besonderes über einen Garderobenwechsel zur Mittagszeit beachten?"

Chase verdrehte die Augen. „Gegen Mittag sind wir auf dem Weg zurück nach Galveston. Der

Gouverneur und Grandma werden zum Resort fahren, und Grandma wird die Hochzeitsfeierlichkeiten mit einem feierlichen Tee beginnen. Oder war das ein Tennisspiel?"

„Tennis? Was zum Teufel hat Tennis mit alldem zu tun?"

„Die Barons messen sich gerne miteinander. Die Familie wird in Teams eingeteilt und arbeitet sich durch den Tag, bis es einen Sieger gibt, der den Cup erhält."

„Cup?"

„Der Baron-Cup. Klingt albern, aber für einen Baron könnte er genauso gut der Wimbledon-Pokal sein. Man muss sich vor ein paar Mitgliedern in Acht nehmen, die dazu neigen, ein bisschen zu schummeln. Obwohl das beim Tennis schwieriger ist. Spielst du?"

C.J. schüttelte den Kopf. „Nur, wenn ein Sommer-camp, als ich zehn war, zählt."

„Vermutlich nicht. Höchstwahrscheinlich wirst du mit einem der stärkeren Spieler zusammengetan. Eve ist eigentlich ziemlich gut. Eine Zeit lang dachten wir, sie könnte Profi werden."

„Moment mal. Ich muss mitspielen?" Ihre Schwester würde C.J. für das hier ganz schön viel schulden.

Ein verschmitztes Grinsen breitete sich auf seinem Gesicht aus, und seine Augen funkelten. „Jeder spielt mit."

„Aber ich bin keine Baron!"

„Du bist mit einem Baron hier. Das reicht schon. Wenigstens gibt es dieses Mal keinen Hindernispar-cours. Grandma hat ein Machtwort gesprochen und darauf bestanden, dass es nicht angemessen für eine Hochzeit ist, also hat der Gouverneur Tennis zugestimmt."

Schade. *Darin* wäre sie gut gewesen.

Zwanzig Minuten später waren sie auf dem Weg

zum Sonntagsessen. Eine Stunde und zehn Minuten, nachdem sie die Vorstadt von Houston verlassen hatten, rollten sie die kurvenreiche Auffahrt zu einem riesigen Backsteinhaus hinauf, das sie an eine Plantage aus dem Bürgerkrieg erinnerte. Es war überraschenderweise größer, als sie erwartet hatte, und auf jeden Fall beeindruckend. „Schön.“

„Ganz anders als der moderne, ganz aus Glas bestehende Baron Tower in Dallas.“

„Das würde hier auf dem Land bestimmt fehl am Platz aussehen.“ Der Wagen kam zum Stehen, und Chase stieg aus. Sie war ein klein wenig überrascht, dass kein Parkwächter aus dem Gebüsch sprang, um ihr die Tür zu öffnen. „Sieht aus, als wären wir die Ersten.“

„Warum denkst du das?“

C.J. zeigte auf die leere Einfahrt. „Keine Autos.“

„Vielleicht wurden sie bereits in der Garage geparkt.“

„Garage?“

„Ja, unten links ist eine Garage für zehn Autos.“

Jetzt, da sie darauf hingewiesen worden war, sah sie tatsächlich ein weiteres Gebäude, das durch ein paar Bäume verdeckt wurde. Eine Garage für zehn Autos.

„Mr. Chase.“ Ein älterer Mann im Anzug trat aus der Tür, ein jüngerer Mann eilte um ihn herum. „Ich hoffe, Ihre Fahrt war angenehm.“

„Sehr.“ Chase lächelte. „Das ist Miss Lawson.“

Der Mann, von dem C.J. annahm, dass er der sprichwörtliche Butler sein musste, nickte ihr zu. „Peter wird sich um Ihre Sachen kümmern. Der Gouverneur und Mrs. Baron empfangen die Familie im Salon.“

„Danke, Jeeves.“ Chase ergriff ihre Hand und führte sie die Treppe hinauf.

„Jeeves? Der Butler heißt wirklich Jeeves?“

„Nein. Sein Name ist … George, glaube ich. Aber

wir haben ihn immer Jeeves genannt, seit wir Kinder waren. Ich glaube, es ist uns nie in den Sinn gekommen, ihn anders zu nennen, als wir erwachsen waren."

„Und es macht ihm nichts aus?"

„Ich wüsste nicht, warum. Wir sagen es nicht respektlos."

Sie wusste nicht, was sie darauf erwidern sollte, fragte sich jedoch, wie George das Ganze betrachtete. Als sie kurz über ihre Schulter blickte, sah sie, wie er dem jungen Mann Anweisungen gab, der jetzt ihre Reisetasche und Chases Kleidersack trug. „Wo will er mit unseren Taschen hin?"

Chase blieb an der Eingangstür stehen und sah an ihr vorbei. „Dienstboteneingang."

Bevor sie den Gedanken an einen Dienstboteneingang verarbeiten konnte, stand sie im Foyer eines Hauses, das noch größer wirkte als von außen. Langsam folgte sie Chase ein paar Stufen hinunter in das, was sie nur als Wohnzimmer bezeichnen konnte. Eine Glasfront gab den Blick auf einen weitläufigen Garten frei. Obwohl *Park* vielleicht ein passenderer Begriff wäre. Sie konnte außerdem sehen, dass sich der vordere Eingang zwar auf diesem Stockwerk befunden hatte, aber mindestens eine Etage über dem Garten lag. Wenn sie die Jacht für beeindruckend gehalten hatte, musste sie eindeutig noch viel über das eine Prozent der Bevölkerung lernen, das absolut stinkreich war.

Der Gouverneur erhob sich, und die wenigen Männer im Raum folgten ihm. Zuerst küsste Chase seine Großmutter, dann schüttelte er die Hand seines Großvaters. Schließlich ging er durch den Raum und stellte C.J. jedem vor, den sie noch nicht kennengelernt hatte. Alle paar Minuten kam ein anderer Baron hinzu, und es wurde in unterschiedlichem Maße gejubelt und begrüßt. Sie konnte die Hackordnung der Familie erahnen. Außerdem musste sie feststellen, dass es keinen einzigen introvertierten Baron in der Runde gab. Abgesehen von *guten Tag* und *freut mich, Sie kennenzulernen* musste sie nicht viel sagen. Alle anderen schienen gerne Gespräche anzuführen. Nach ihrer Zählung hatte sie vierzehn Cousins und Cousinen kennengelernt, von denen nur einer einen Gast – Emily – zum Essen mitgebracht hatte. Angesichts der Tatsache, dass alle sie mit Namen zu kennen schienen, vermutete C.J. anhand des Lachens und der Späße, dass Emily schon seit einiger Zeit zu dieser Familie gehörte.

„Kennen Sie Chase schon lange?", fragte Emily C.J.

C.J. brauchte einen Moment, um zu realisieren, dass sie angesprochen wurde. „Nein, noch nicht sehr lange."

Lila Baron trat neben Emily. „Es ist immer schön, dich bei einer Familienfeier zu sehen, Liebes. Der Gouverneur hofft immer noch, dass Devlin zur Vernunft kommt und dich offiziell zu einer Baron macht."

Emily lächelte die alte Frau freundlich an, aber C.J. fiel auf, dass in ihrem Blick kaum Sehnsucht lag. Vielleicht spielte Devlin die gleichen Spiele wie Chase. Nur länger.

„Aber C.J.", Lila drehte sich langsam um, „ich würde gerne mehr über Sie und meinen Enkel erfahren."

„Da gibt es eigentlich nicht viel zu erzählen. Wir kennen uns noch nicht so lange." Der Plan war, so viel wie möglich von der Wahrheit zu erzählen und abzulenken, wenn ihr keine gute Lüge einfiel.

„Nun, dann erzählen Sie mir etwas Lustiges. Wo haben Sie sich kennengelernt?"

Sie holte tief Luft. *Und los geht's!* „Ich habe auf jemanden gewartet und sah ihn durch das Restaurant gehen." So. Das wäre geschafft.

„Ach, wirklich?" Lila lächelte. „Was war das Erste,

was Ihnen an meinem Enkel aufgefallen ist?"

C.J. presste die Lippen aufeinander. Sie hatten diesen Teil nicht geprobt, aber die Antwort war einfach. „Seine Augen. Sie haben einen unglaublichen, tiefblauen Farbton."

„Ja. Ich glaube, das war es, was mich zuerst zu James hingezogen hat." C.J. brauchte ein paar Augenblicke, um zu begreifen, dass Lila mit James den Gouverneur meinte. „Sie haben mich sofort in ihren Bann gezogen, und ich schätze – wie es so schön heißt – es war Liebe auf den ersten Blick."

„Das ist aber süß!", riefen Emily und C.J.

„Liebe auf den ersten Blick ist immer süß." Aus der Nähe betrachtet, lagen sehr viel Sanftheit und ein ungeheures Maß an Weisheit und Mitgefühl in Lilas Blick, die C.J. sehr unangenehm waren. Aber angesichts der Tatsache, dass Lilas letzte Bemerkung offenbar an C.J. gerichtet gewesen war, ließ in deren Innerem sämtliche Alarmglocken schrillen und ihren Nacken kribbeln. Ohne darüber nachzudenken, suchte C.J. rasch den Raum ab. Erleichterung machte sich in ihr breit, als ihr Blick auf Chase fiel, der sich mit einem Cousin unterhielt. C.J. fühlte sich gestärkt und richtete ihre Aufmerksamkeit wieder auf die Matriarchin, nur um festzustellen, dass deren Lächeln breiter geworden war und ihre Augen, die auf C.J. gerichtet waren, vor Freude funkelten. *O nein! Was hatte sie getan?*

„Du solltest deine Freundin besser retten!" Devlin Baron nickte mit dem Kinn in Richtung der hinteren Ecke des Raumes. „Emily kann sich in einer Baron-Inquisition behaupten, aber bei deinem Date bin ich mir nicht so sicher."

Chase entdeckte C.J., die sich mit seiner Großmutter unterhielt. Er hatte sein Bestes getan, um an ihrer Seite zu bleiben, aber immer, wenn der natürliche Gesprächsfluss sie getrennt hatte, hatte er ein Auge auf sie geworfen, bereit einzuspringen, wenn sie ihn brauchte. Bisher hatte sie sich so gut geschlagen, dass er sich entspannt hatte und sich hatte ablenken lassen, um mit seinem Lieblingscousin über Geschäftliches zu reden. Da sie gleich alt waren, standen sich Devlin und Chase so nahe wie Brüder. So sehr, dass Chase in Erwägung gezogen hatte, ihn in die C.J.-Scharade einzuweihen. Aber schließlich hatte er beschlossen, dass es in seinem eigenen Interesse war, Insiderinformationen auf seine Geschwister zu beschränken. Und vielleicht auf seine Mutter.

Wenn es um die Familienhierarchie ging, hatte der Gouverneur zweifelsohne das Sagen, so wie er beim Militär über seine Truppen regiert hatte. Mit einer starken Hand. Alle Baron-Kinder wussten, dass der einzige Grund, warum diese starke Hand keine eiserne Faust war, ihre Großmutter war. Aber etwas in der Art, wie Grandmas Augen funkelten, als sie C.J. ansah, versetzte Chase in höchste Alarmbereitschaft. Es war an der Zeit, C.J. zu retten, bevor sich die alte Dame genauso in sie verliebte wie er. Er durfte nicht riskieren, dass seine Großmutter ihr Herz an sie verlor. Schade, dass er seinen eigenen Rat nicht befolgte.

Aber er kam nicht einmal einen Meter weit, als sein Cousin Porter ihm den Weg abschnitt. „Ich habe dich schon den ganzen Abend gesucht. Colton und ich haben ein neues Projekt besprochen, und wir wollen deine Meinung hören."

„Oh, gut, du hast ihn gefunden." Colton trat zu den beiden und blockierte Chases Fluchtweg.

C.J. vor dem Charme seiner Großmutter zu retten, musste wohl oder übel warten.

KAPITEL DREIZEHN

„Jetzt bin ich aber mal dran!" Der Gouverneur stellte sich zwischen seine Frau, die sich mittlerweile hingesetzt hatte, und C.J., die immer noch neben Emily stand.

„Gouverneur." Emily lächelte den älteren Mann an und neigte ehrfurchtsvoll den Kopf.

„Emily." Die Stimme des Gouverneurs verströmte nicht einmal annähernd die Freundlichkeit, die C.J. beim Abendessen im Resort bemerkt hatte. Und so, wie sich Emilys Augen verdunkelten, war C.J. ziemlich sicher, dass sie nicht die Einzige war, die das bemerkt hatte.

„Wenn Sie mich entschuldigen würden", sagte Emily zum Gouverneur, „ich glaube, Olivia ruft mich."

Plötzlich fühlte sich C.J. in einem Raum voller Menschen sehr allein. Chase und seine Geschwister hatten ihr Bestes getan, um dafür zu sorgen, dass der Gouverneur keine Chance hatte, sie zu verhören. Aber momentan war Chase in ein Gespräch vertieft, und zwar mit zwei Männern, von denen sie annahm, dass es seine Cousins waren. Sie war also auf sich allein gestellt.

„Warum setzt du dich nicht, Liebling?" Lila winkte ihren Mann zu dem leeren Stuhl neben sich.

Der Gouverneur schnaubte daraufhin nur. Das überraschte C.J. ganz und gar nicht. Je höher die Offiziere im Rang aufstiegen, desto besser wurden sie darin, andere einzuschüchtern. Sich über eine Person zu stellen, war das bevorzugte Mittel dazu. Ein weiteres bestand darin, sie intensiv anzustarren, und genau das setzte er jetzt ein. C.J. hatte im Laufe der Jahre zu oft stramm gestanden, um sich jetzt unwohl zu fühlen. Sie streckte die Schultern durch, hielt den Blick fest auf ihn gerichtet und wartete darauf, dass er den ersten Schritt machte.

„James!", sagte Lila etwas lauter, um den Bann zu brechen.

Chases Großvater schaute zu seiner Frau hinunter und lächelte sanft. „Gleich." Als er C.J. wieder anblickte, war die Härte in seinen Augen zurückgekehrt. „Ich habe gehört, Sie sind mit meinem Enkel Chase hier."

„Ja, Sir." Sie bewegte sich immer noch nicht, denn sie war noch nicht entlassen worden.

„Leben Sie hier in Texas?"

„Ich besuche meine Schwester." Das war zwar eigentlich mehr als ein Besuch, aber zumindest die Wahrheit.

Sein Blick blieb auf sie geheftet. „Sind Sie ein Familienmensch?"

„Ich würde alles für meine Schwester tun." C.J. war ja schließlich ihretwegen hier.

„Hmm." Er betrachtete ihr Gesicht und suchte nach Hinweisen.

Sie kannte dieses Verhalten gut, denn sie selbst hatte das schon oft getan.

„Was ist mit Ihren Eltern?"

„Mein Vater starb, als ich fünf Jahre alt war. Meine Mutter lebt immer noch in San Antonio."

„James!", meldete sich Lila wieder zu Wort.

Diesmal zögerte der pensionierte US-Marine und ehemalige Gouverneur James Baron Senior, bevor er seiner Frau antwortete. Er kniff die Augen zusammen, als er versuchte, in C.J.s Seele zu lesen, dann stieß er einen leisen Seufzer aus und senkte das Kinn. Die Befragung war vorbei und C.J. gerade entlassen worden. Da sie sich nun völlig entspannen konnte, widerstand sie dem Drang, die Hände hinter dem Rücken zu verschränken wie eine Soldatin.

„Ich glaube, ich werde mich jetzt hinsetzen."

Für einen Mann mit einem Stock bewegte sich der alte Mann äußerst behände. C.J. vermutete, dass der Stock mehr eine Waffe war als eine Stütze.

Aus den Augenwinkeln sah C.J., wie Chase quer durch den Raum eilte. Lustigerweise liefen auch Mitch und Eve aus entgegengesetzten Ecken herbei. Törichte Leute! Sie hatte ihnen doch gesagt, dass sie sich behaupten konnte.

„Ich verstehe das nicht." C.J. stand wie angewurzelt im Zimmer, gegen eine der Wände gedrückt. „Warum sind meine Taschen *hier* drin?"

Chase öffnete seine Krawatte und den obersten Knopf seines Hemdkragens. „Grandma hat sich für die Unannehmlichkeiten entschuldigt, aber sie hat nicht damit gerechnet, dass Siobhan und ihr Cousin Michael es heute Abend schaffen würden. Also hat sie Siobhan in ein Zimmer mit Emily gesteckt, aber es gab keines mehr für Michael, also hat er dein Zimmer erhalten. Anscheinend denkt Grandma, dass wir uns … näher stehen."

„Anscheinend." Auf keinen Fall würde C.J. von der Wand weggehen. Auch wenn das Bett King-Size war. Ein Zimmer mit Chase zu teilen, war schon keine gute Idee. Das Bett zu teilen, wäre blanker Wahnsinn.

„Was ich nicht verstehe, ist, dass der Gouverneur

immer eine strikte Politik verfolgt hat, nach der ein Mann und eine Frau kein Zimmer teilen dürfen, wenn sie nicht verheiratet sind."

„Da ich nicht verheiratet bin und das auch nicht sein will", fügte sie eilig hinzu, „haben sich die Regeln wohl geändert."

„Hm."

„Hm?"

„Der Gouverneur ändert seine Regeln niemals. Zumindest nicht ohne guten Grund."

„Was willst du damit sagen?"

„Meine Brüder hatten recht."

„Womit?"

„Dich als mein Date herzubringen, würde nicht ausreichen, um ihn von mir ab- und auf die anderen zu lenken. Es hat ihn nur dazu gebracht, Heiratspläne zu schmieden und auf noch mehr Urenkel zu drängen."

„Wie bist du zu diesem Schluss gekommen?"

Chase hob eine Augenbraue. „Zwei Menschen. Ein Bett. Rechne mal nach."

„Ich verstehe, was du meinst. Und was machen wir jetzt?" Mehrere berühmte alte Filme kamen ihr in den Sinn, außerdem diverse Szenarien für eine alternative Schlafgelegenheit. Die Liste der Lösungen war lang: in der Badewanne, seinen 1,85 Meter großen Körper auf die beiden Sessel am Fußende des Bettes quetschen, eine Art behelfsmäßige Wäscheleine spannen, um eine Decke zwischen ihnen aufzuhängen. Oder vielleicht eine Mauer aus Kissen auf dem Bett errichten. Und natürlich der alte Klassiker – einer schlief auf dem Boden. Nichts von alledem würde ihnen eine erholsame Nachtruhe bescheren.

Chase öffnete einen weiteren Knopf und seufzte schwer. „Ich muss aus diesem Affenanzug raus!"

Das war nichts, wozu sie ihn ermutigen wollte. „Vielleicht kann ich das Zimmer mit Eve teilen?"

Chase starrte auf das Kingsize-Bett und schüttelte, nachdem er einen weiteren Knopf geöffnet hatte, den Kopf. „Sie teilt es bereits mit unserer Cousine Alice."

„Oh." C.J.s Blick wanderte zu seinem ausgezogenen Jackett und dann zum Bett. Jetzt hatte sie nicht nur ein Bild von ihm ohne Smoking, sondern auch ohne Smoking und auf dem Bett. Sie steckte in großen Schwierigkeiten.

Ganz gleich, wie viele Schlafmöglichkeiten Chase durch den Kopf gingen, jede einzelne endete damit, dass er sein Versprechen ihr gegenüber brechen würde.

Er fuhr sich mit den Fingern durchs Haar und legte seine Hand dann um seinen Hals, während er seine Optionen durchdachte – mal wieder. „Du nimmst das Bett und ich den Boden." Wenn er seine Hose anbehalten würde, könnte er es schaffen.

„Du kannst nicht auf dem Boden schlafen, so kommst du nicht zur Ruhe."

An diesem Punkt, egal was passierte, wäre Ruhe ohnehin keine Option. Es war fast unmöglich gewesen, in der Suite am Ende des Flurs zu schlafen. Mit ihr im selben Zimmer zu sein, würde die absolute Folter werden. Er konnte schlafen, wenn er nach Dallas zurückkehrte. „Es wird schon gehen."

Ungläubige braune Augen musterten ihn.

Erst jetzt sah er die Besorgnis und die Angst darin. *Verdammt!* Eine andere Art von Bedürfnis rumorte in seinem Bauch. Ja, er wollte sie. Mehr, als er sich eingestehen wollte. Neben dem buchstäblich schmerzhaften Bedürfnis, ihr nahe zu sein, drängte ihn ein noch stärkeres, ihr das Gefühl von Sicherheit zu geben. Ihr die Zweifel und Ängste zu nehmen, die er in ihren Augen sah. Sie zu beschützen. Hier. Jetzt. Für immer. War das nicht ein verblüffender Wunsch?

Mit klammen Fingern umschloss er seine gelockerte Krawatte und riss sie von seinem Kragen. „Du kannst dich im Bad umziehen. Ich werde mir eine Pritsche am Fenster aufstellen."

C.J. nickte und machte einen zaghaften Schritt nach vorn. Ihre Tasche lag offen auf der Gepäckablage hinter ihm. „Entschuldige mich." C.J. ging fast seitwärts, um so viel Abstand wie möglich zwischen sie beide zu bringen, und schob sich an ihm vorbei.

Warum kam ihr dieser riesige Raum so klein vor? Sie hatte es gerade ins Bad geschafft, ohne Chase zu berühren, musste nun aber feststellen, dass ihre Zahnbürste noch in ihrer Reisetasche war. Sie musste wirklich einen klaren Kopf bekommen. Er war nur ein Mann. Sie hatte Seite an Seite mit Hunderten von anderen Männern gelebt und gearbeitet. Manche hatten besser ausgesehen als andere. Manche waren netter gewesen als andere. Warum also stellte Chase Baron so ein Problem für sie dar?

„Ich habe meine …" Mit einer Tube Zahnpasta in der Hand wollte sich C.J. umdrehen und zurück ins Bad gehen – und wäre beinahe mit Chase zusammengestoßen. Ihr Mund wurde auf einmal ganz trocken. „Meine, äh, Zahnbürste."

Er rührte sich nicht von der Stelle.

„Ich, äh …" C.J. biss sich auf die Unterlippe. Ihr Blick wanderte von seinen Augen auf seinen Mund, und plötzlich vergaß sie, was sie sagen wollte.

„C.J."

Ihr Name klang hohl aus seinem Mund und weit

entfernt, gefolgt von einem leisen Klopfen.

„Chase." Die Stimme seiner Cousine Siobhan drang ins Zimmer, als die Tür quietschend aufging. „Grandpa sagte, wir können gehen … Ups!"

Obwohl sie unschuldig voreinander standen, sprang C.J. erschrocken zurück.

„Tut mir leid. Ich … werde später mit dir reden …"

„Nein." Chase holte scharf Luft. „Was hat der Gouverneur gesagt?"

„Die *Fidelis* wird in ein paar Tagen geliefert. Können wir mit ihr rausfahren?"

Er wandte den Blick von C.J. und sah seine jüngste Schwester an. „Ich bin sicher, wir können uns etwas einfallen lassen."

Siobhans Gesicht hellte sich auf. „Cool! Und, ähm, tut mir leid, wenn ich gestört habe."

C.J. schaute Chase an und schüttelte den Kopf über seine kleine Schwester. „Du sagst Devlin besser auch Bescheid."

„Bin schon unterwegs!" Siobhan quietschte vor Freude und zog die Tür hinter sich zu.

„Es tut mir leid", sagte Chase.

„Ist schon gut." Sie hob die Hand und kramte, mit dem Rücken zu ihm, in ihrer Tasche, drehte sich um und hielt eines der Satin-Nachthemden vom Shopping-Tag in der Hand. „Ich sollte mich fürs Bett fertig machen."

Mit geputzten Zähnen und fest zugeschnürtem Bademantel starrte sie auf ihr Spiegelbild. Diese kleine Scharade wurde immer komplizierter. Zeit, sich dem Erschießungskommando zu stellen.

Chase stand am Fußende des Bettes, hatte sich bereits eine Schlafhose und ein T-Shirt angezogen und riss die Decke vom Bett. „Es ist warm genug, dass du es mit dem Laken und der Decke bequem haben solltest."

„Ich kann dich nicht auf dem Boden schlafen lassen." Sie warf ihre Wechselkleidung auf einen Stuhl in der Nähe. „Dein Rücken wird sich eine Woche lang beschweren, und du wirst nicht zur Ruhe kommen."

„Es ist sowieso unwahrscheinlich, dass ich schlafen kann."

„Wie bitte?" Sie stand kerzengerade da.

„Das kam nicht richtig rüber. Was ich meinte, war, dass es mir buchstäblich schwerfallen wird einzuschlafen."

Warum mussten Männer so machohaft sein? „Umso mehr sollte ich den Boden nehmen und du das Bett."

„Wird nicht passieren." Er schüttelte entschlossen den Kopf.

Großer Macho, und stur noch dazu. „Ich habe viel mehr Übung darin, auf dem Boden zu schlafen als du."

Er lachte gedämpft.

„Du glaubst mir nicht?" Macho, stur und sie verhöhnend. Wut und Frustration überschlugen sich in ihr. Sie verschränkte die Arme, und ihr gesunder Menschenverstand war auf und davon, als sie den Mund öffnete. „Als meine Einheit in Afghanistan ankam, gab es ein paar … Komplikationen. Ich habe fast eine ganze Woche auf dem harten Boden in voller Uniform in einem als Zelt getarnten Ofen verbracht."

„Afghanistan?" Unglaubwürdigkeit triefte von jeder Silbe.

C.J. wippte mit dem Fuß. „Ja, Afghanistan."

„Was hast du dort gemacht?"

„Ich habe es dir doch gesagt. Ich bin Krankenschwester."

„Aus der Bronx", murmelte er, und dann richtete er sich auf. „Warte! Du bist beim Militär?"

„War."

„Auf Jobsuche", wiederholte er leise ihre Worte.

„Wir müssen reden." Er machte auf dem Absatz kehrt und ging zur Tür.

„Wohin gehst du?"

„Ich suche dir etwas Praktischeres zum Anziehen, und dann legen wir uns beide aufs Bett und reden."

Ihr Mund ging auf und wieder zu, und sie biss sich auf die Backenzähne. Warum nur hatte sie nicht die Klappe halten können?

In der offenen Tür stehend, hielt er inne und blickte sie an, mit einem intensiven Glanz in den Augen. „Ich sagte reden."

Vielleicht war sie nicht die Einzige, die in Euphemismen sprach.

KAPITEL VIERZEHN

Der Ausdruck *etwas Praktischeres* hatte für sie keinen Sinn ergeben, bis Chase wieder ins Zimmer kam, die Arme voller Kleidung. Was er hätte sagen sollen, war, etwas nicht so Anziehendes. Er reichte ihr ein Sweatshirt. Es war sperrig und eine Nummer zu groß.

„Die Sachen gehören meiner Schwester. Eve nennt sie Komfortkleidung. Die und ein gutes Buch sind für sie tröstlicher als das Eis von Ben & Jerry's."

Da sie aus erster Hand wusste, dass Eve definitiv keine große Kleidergröße benötigte, vermutete C.J., dass auch die Reichen und Berühmten gelegentlich schlechte Tage hatten. „Danke."

In kürzerer Zeit, als sie erwartet hatte, war sie aus dem Seidennnachthemd geschlüpft und hatte sich den weichsten und dicksten Pullover angezogen, mit dem sie je in Kontakt gekommen war. Langsam drehte sie den Knauf an der Badezimmertür, öffnete sie und war überrascht, Chase an der Bettkante liegen zu sehen, die Schuhe ausgezogen, die Knöchel übereinander geschlagen und immer noch vollständig bekleidet.

„Ich dachte, hier wäre es sicherer."

Das brachte sie zum Lachen. Ihm war aber schon klar, dass man Kleidung leicht ausziehen konnte?

„Komm, setz dich!" Anstatt mit der Hand auf die Matratze zu klopfen, zeigte er mit dem Kinn auf die andere Seite des Bettes.

All die Besorgnis, die sie empfunden hatte, seit sie entdeckt hatte, dass die Matriarchin der Barons ihren Koffer in das für Chase vorgesehene Zimmer gebracht hatte, war dahin. Vielleicht, weil sie zum ersten Mal seit Tagen ein bequemes – wenn auch offensichtlich teures – Sweatshirt trug. Oder vielleicht lag es an dem falschen Gefühl von Sicherheit, das ihr das weite Kleidungsstück verlieh.

Sie legte ein paar Kissen vor das Kopfteil, ließ sich auf die gegenüberliegende Seite der Matratze fallen und lehnte sich zurück. „Worüber wolltest du reden?"

„Dich."

„Da gibt es nicht viel zu erzählen."

„Das kaufe ich dir nicht ab. Ich will alles über dich wissen, Cassandra Jane. Warum hast du mir gesagt, dass du auf Jobsuche bist?"

Sie zuckte mit den Schultern. Sie hatte nichts zu verbergen, es war nur einfacher, als alles zu erklären. „Weil ich es bin."

Er erwiderte nichts darauf, sondern sah sie nur abwartend an.

Sie griff nach einem der dekorativen Kissen, die zwischen ihnen aufgestapelt waren, und fummelte an dessen Fransen herum. Zu den ungeschriebenen Regeln des Lebens gehörte es, nicht darüber zu sprechen, was im Einsatz passiert war. Ein guter Grund, warum so viele der Leute, mit denen sie zusammengearbeitet hatte, sich schwertaten, wenn sie nach Hause kamen. Und wem wollte sie etwas vormachen, wenn sie glaubte, sie gehöre nicht zu ihnen? Sie war lange genug zu Hause gewesen, um sich zu entspannen. Inzwischen hätte sie einen netten Job in einem netten Krankenhaus erhalten und netten Patienten helfen sollen, gesund zu werden. Stattdessen hatte sie ihr Sparkonto strapaziert und sich unter dem Vorwand, auf ihre etwas schrullige Schwester aufzupassen, in Bevs winziger Wohnung verschanzt und sich ihr eigenes kleines, verrücktes Refugium geschaffen.

Chase war nicht der Erste gewesen, der sie nach ihrer Arbeit oder ihrer Zeit in Übersee gefragt hatte, doch seltsamerweise wollte zum ersten Mal, seit sie nach Hause gekommen war, etwas tief in ihrem Inneren reden. Und zwar nicht nur mit irgendjemandem, sondern mit Chase. „Ich habe mich direkt nach der Highschool freiwillig beim Militär gemeldet. Es gibt nicht viele gute Karrieremöglichkeiten für Highschool-Absolventen ohne College-Abschluss, und ich konnte mir weder die Zeit noch die Studiengebühren leisten, um einen zu machen."

Chase nickte, erwiderte aber immer noch nichts darauf.

Was sollte er darauf schon sagen? Er hatte keine Ahnung, wie es sich anfühlte, von der Hand in den Mund zu leben, zuzusehen, wie die eigene Mutter zwei Jobs hatte, nur um ihren Kindern das Nötigste zum Leben zu geben – Essen und Unterkunft –, ganz zu schweigen von der Finanzierung einer höheren Ausbildung.

„Als ich aufwuchs, dachte ich immer, es wäre schön, Ärztin zu werden. Sich um die Kranken zu kümmern, Krebs zu heilen." Sie schmunzelte angesichts ihrer Kindheitsträume.

„Lach nicht! Ich kann mir dich als Ärztin vorstellen."

Sie zuckte mit den Schultern. „Ich habe mich für die Marine Corpsman Field Medical School angemeldet …"

„Du bist ein Marine?" Er riss die Augen so weit auf, dass sich perfekte weiße Kreise um das stahlblaue Meer seiner Iris bildeten.

„Genau genommen bin ich bei der US Navy, aber ich verhalte mich in jeder Hinsicht wie eine Marinesoldatin, arbeite mit Marinesoldaten zusammen und werde wie einer behandelt. Ich musste sieben Wochen in Camp Lejeune verbringen. Glaub mir, ich weiß, wie es ist, ein Marine zu sein. Bei den Marines gibt es ein Sprichwort: Jeder Marine ist ein Gewehrschütze. Wir mussten lernen, ein Gewehr zu tragen und es auch zu benutzen. Um ein effektiver Sanitäter zu sein, musste ich mir das Recht verdienen, als Marinesoldat angesehen zu werden."

Er hob einen Mundwinkel und lächelte zurückhaltend. „Und du hast es geschafft, nicht wahr?"

Sie nickte. Alle ihre Kameraden hatten das getan. Die Frauen hatten härter und schneller arbeiten und sich besser beweisen müssen, jeden verdammten Tag. Dieser Teil hörte nie auf.

„Das erklärt auch, warum du dem Gouverneur so leicht die Stirn bieten konntest."

„Ich bin schon von Schlimmerem geplagt worden."

Das Lächeln verschwand aus seinem Gesicht. „Erzähl mir mehr!"

„Mein erster Einsatz war ein Jahr bei einer Sanitätseinheit in Afghanistan." Aus den Augenwinkeln sah sie, wie Chase zusammenzuckte. Sie versuchte zu verhindern, dass ihre Gedanken zu den schlimmsten Tagen dieses Einsatzes zurückkehrten. Als Ersthelferin hatte man meist mit Militärs und Zivilisten gleichermaßen zu tun. Mit Erwachsenen und Kindern. „Schließlich wurde ich leitende Sanitäterin des weiblichen Einsatzteams."

„Auch wenn ich dich noch nicht so lange kenne, überrascht mich das nicht. Und ich verstehe ein bisschen besser, warum du für deine Schwester eingesprungen bist. Verglichen mit einem Kriegsgebiet muss das hier ein Kinderspiel sein."

Für Menschen, die nicht dort gewesen waren, gab es kein Verständnis für ein Kriegsgebiet. Keine Worte.

Zumindest keine, die jemand teilen wollte, weshalb so viele Veteranen mit Wunden nach Hause kamen, die das Durchschnittsauge nicht sehen konnte. „Wenigstens braucht man für den Umgang mit seiner Familie kein Kampftraining."

„Wenn man es mit dem Gouverneur zu tun hat, würde dir da so mancher widersprechen. Aber ich verstehe nicht, wie du Sanitäterin sein konntest. Ich dachte, Frauen seien in Kampfsituationen nicht erlaubt."

C.J. hätte beinahe laut aufgelacht. Schon bevor der US-Verteidigungsminister alle Positionen auch für Frauen geöffnet hatte, hatten diese oft genauso viel wie ihre männlichen Kollegen getan. Es stimmte zwar, dass die vorgeschobenen Operationsbasen von einem Drahtzaun umgeben waren, aber weibliche Sanitäter konnten sich auch außerhalb dieser Linie bewegen und taten dies auch. So war es im Kriegszustand eben. Man hatte sie nicht als *weiblichen* Sanitäter angesehen. Sie war einfach ein Sanitäter gewesen, und von ihr und ihren Kameraden und Kameradinnen hatten Leben abgehangen. „Die Dinge sind nicht immer so, wie sie scheinen. Sanitäter, egal welchen Geschlechts, müssen die Soldaten auf Patrouille begleiten."

Ein Muskel in Chases Gesicht zuckte.

C.J. konzentrierte sich auf das Kissen in ihren Händen und nicht auf Chases sich verfinsternden Gesichtsausdruck und sprach weiter: „Dieser Teil der Welt ist eine Wüste. Patrouillen in voller Montur und mit Körperpanzerung führen leicht zu Hitzeschäden. Aber sechzig Prozent aller Todesopfer waren auf improvisierte Sprengsätze zurückzuführen. Wenn wir überhaupt etwas tun konnten, haben wir sie mit Flüssigkeit versorgt, Blutungen gestillt und sie stabilisiert, bis die Hubschrauber kamen. Nach einer Weile war das nicht mehr genug. Wenn ich im Einsatz blieb, wollte ich mehr tun. Ich wollte Teil des vorderen Operationsteams sein."

„Und so wurdest du Krankenschwester?"

C.J. lachte. „Es klingt so einfach, wenn du es sagst. Wenn ich es noch einmal machen könnte, würde ich einen Weg finden, meinen Bachelor in Krankenpflege zu machen, bevor ich einen Einsatz antrete. Es kommt nicht oft vor, dass man als aktiver Soldat in ein Krankenpflegeprogramm aufgenommen wird. Es ist mühsam, hart umkämpft und dauert ewig …"

„Aber du hast es geschafft?"

Sie hätte sich ein Lächeln nicht verkneifen können, selbst wenn sie es gewollt hätte. „Das habe ich. Wir haben sechshundert Traumafälle in einem einzigen Jahr bearbeitet."

Er stieß einen lauten Atemzug aus. „Also, was ist passiert?"

Alles. Nichts. „Der Druck der ständigen Einsätze, der Stress, das Leben von Soldaten zu retten – das fordert seinen Tribut. Es hört nie auf. Wenn ein Land nicht der Aggressor ist, dann ist ein anderes an der Reihe. Eines Tages wurde mir klar, dass ich in einer Gummizelle landen würde, wenn ich noch einen Jungen in Einzelteilen oder in einem Leichensack nach Hause schicken müsste, denn die meisten dieser Soldaten sind noch Teenager."

Irgendwie hatte Chases Hand, ohne dass sie es bemerkt hatte, den Abstand zwischen ihnen überbrückt, und bedeckte ihre teilweise. Sein Daumen machte langsame, rhythmische Bewegungen. Das war auf eine Art und Weise beruhigend, wie sie es noch nie erlebt hatte.

„Wann gehst du zurück?", fragte er.

„Gar nicht." Sie beschloss, seine starke Hand auf ihrer zu ignorieren und die dringend benötigte Kraft daraus zu schöpfen. „Ich habe meinen Dienst quittiert.

Das musste ich.“

Sein Daumen strich weiter sanft über ihren Handrücken. „Wie lautet dein Plan?“

„Ich habe keinen.“

„Gibt es in diesem Land nicht einen Mangel an Pflegekräften?“

C.J. nickte.

„Ein Krankenhaus hat doch sicher Bedarf an einer Krankenschwester mit deinen Fähigkeiten und deiner Erfahrung?“

„Ganz sicher. Ich weiß nur nicht, ob ich das weiterhin machen kann. Ich kann mir nicht vorstellen, in einer Arztpraxis Fieber und Blutdruck zu messen, und ich glaube nicht, dass ich in einem Traumazentrum oder einer Notaufnahme arbeiten kann.“

„Stattdessen tust du so, als wärst du das Date eines Idioten auf einer Hochzeit.“

„Du bist kein Idiot.“

„Versteh mich nicht falsch, es ist nicht leicht, ein Fortune-500-Unternehmen zu leiten und einem alternden, sturen alten Mann unterstellt zu sein. Aber nichts von dem, was ich in meinem Job mache, kommt an die harte Arbeit oder die Opfer heran, die du bringen musstest.“

„Musste ich nicht.“ Die Jungs, die sie nicht hatte retten können, das waren die wahren Helden. „Die unschuldigen Frauen und Kinder, die ins Fadenkreuz geraten sind, niemand sagt ihnen, dass sie ihren *Job gut gemacht haben*. Keiner dankt ihnen für ihre …“

„Es tut mir leid.“ Er richtete sich auf und ließ sich so nah wie möglich neben ihr nieder, ohne sie zu berühren, und verschränkte seine Finger mit ihren. „Ein *Dankeschön* ist nicht genug für die Männer und Frauen, die dienen, sich aufopfern. Aber du bist eine großartige Frau, Cassandra J. Lawson.“

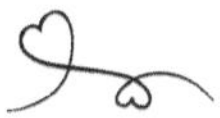

Nadeln stachen in Chases Finger bis hinauf zu seinem Ellbogen. Der schwache Duft von Vanille kitzelte seine Sinne. Er erkannte diesen Duft. Er gehörte zu C.J. Ebenso wie das Gewicht, das auf seinem Unterarm ruhte.

Stundenlang hatte er ihr zugehört, als sie ihm eine Geschichte nach der anderen über die Schrecken und Erfolge in einem Kriegsgebiet erzählt hatte, und er wünschte sich, er könnte etwas tun, um den Schmerz und die Qualen, die sich in ihren Augen widergespiegelt hatten, wegzuwischen. Obwohl er sich deutlich daran erinnerte, dass sie mit dem Kopf auf dem Kissen eingeschlafen war, war C.J. irgendwann nachts ein Stück näher an ihn herangerutscht, bis sie wie ein altes Ehepaar aneinander gekuschelt geschlafen hatten.

War das nicht ein interessanter Gedanke? Mehr noch, warum erschreckte ihn dieser Gedanke nicht zu Tode? Wahrscheinlich, weil er C.J., als er ihr gesagt hatte, sie sei eine tolle Frau, nicht hatte verführen wollen. Er hatte jedes Wort ernst gemeint. Von ihrem gütigen Herzen, ihrem analytischen Verstand, ihrem Sinn fürs Spielerische, ihrer Loyalität gegenüber Familie und Vaterland bis hin zu ihrer Fähigkeit, den intensiven Einschüchterungsversuch durch den Anführer der Baron-Dynastie zu überstehen. Chase stand nun vor der Frage, was er mit C.J. Lawson anstellen sollte. Wie konnte er einen Platz für sie in seiner Welt finden? Wenn sie überhaupt dazugehören wollte …

KAPITEL FÜNFZEHN

Im ersten Moment war C.J. ein wenig überrascht, als sie aufwachte und das Bett leer vorfand. Für den Bruchteil einer Sekunde dachte sie, dass sie nur davon geträumt hatte, sich stundenlang mit Chase zu unterhalten. Sie hatte nicht vorgehabt, so viele Details über sich zu erzählen, aber das Gespräch mit ihm war so einfach gewesen.

Irgendwann hatte es sich auf die Geschichte der Familie Baron verlagert. Das kleine Hotelgeschäft des Urgroßvaters, das der Gouverneur und sein Bruder in ein weltweites Unternehmen und ein riesiges Familienvermögen verwandelt hatten. Wie es für Chase war, als Ältester in seinem Zweig des Baron-Clans aufzuwachsen. Das ständige Bedürfnis, sich zu beweisen, dass er besser war als sein Playboy-Vater. Er war stets das Vorbild für seine jüngeren Geschwister. Der Stolz und die Freude in Chases Augen, wenn er von den Erfolgen seiner Geschwister erzählte. Die Verrücktheit, die sich aus Kyles Vorliebe für Geschwindigkeit, seiner Berufswahl und seinen Playboy-Tendenzen ergab. Wenn man sich Kyles Eskapaden und seine Beinahe-Unfälle auf der Rennstrecke anhörte, war C.J. überrascht, dass nicht die ganze Familie graue Haare hatte.

Das Frühstück auf der Ranch war fast so aufwendig wie das Abendessen am Abend zuvor. „Tut mir leid, dass ich nicht da war, als du aufgewacht bist." Chase setzte sich neben sie. „Großvater wollte sich mit meinen Brüdern und mir treffen, um den Wochenplan durchzugehen.“

„Und Eve?“

Chase schüttelte den Kopf. „Der Gouverneur ist altmodischer, als wir manchmal zugeben wollen.“

„Mit anderen Worten, er ist ein Chauvinist.“

„So weit würde ich nicht gehen, aber er möchte sich um die Frauen in seiner Familie kümmern.“

C.J. zuckte mit den Schultern. Sie würde lügen, wenn sie behaupten würde, dass sie nicht schon mehr als einem Marine begegnet war, der der Meinung war, dass Frauen außerhalb eines Veteranenkrankenhauses nichts im Militär zu suchen hatten. Aber im Moment war sie zu gut gelaunt, um über den Gouverneur und irgendwelche archaischen Denkweisen zu diskutieren. Sie schaufelte sich einen dampfenden Löffel Rührei von den Silbertellern auf dem riesigen Buffet auf einen Porzellanteller. „Hast du schon gegessen?“

„Mit dem Gouverneur, ja.“

„Oh.“ Ihr Blick schweifte durch den Raum und blieb auf dem großen Tisch und den verstreut sitzenden Familienmitgliedern hängen. Nach dem, was sie gestern Abend mitbekommen hatte, waren sie, Emily und Siobhans junger Freund die einzigen Anwesenden, die keine Verwandten waren. Das war ein verdammt großer Clan.

„Von hier aus fahren wir alle zurück zum Resort.“ Chase schenkte sich eine Tasse Kaffee ein. „Die offiziellen Hochzeitsfeierlichkeiten beginnen mit Großmutters Nachmittagstee.“

„Guten Morgen!“ Siobhan stellte sich hinter Chase und nahm einen Teller in die Hand. „Es tut mir wirklich leid, dass ich euch gestern Abend gestört habe. Ich dachte, du hättest dein eigenes Zimmer.“

„Kein Problem, Kleines.“ Chase strich ihr über die

Nasenspitze. „Wir haben uns nur unterhalten."

Siobhan schlug mit der Hand nach ihm. „Genau! Nur geredet."

„Geredet!", wiederholte Chase deutlich.

Siobhan schüttelte den Kopf und verdrehte die Augen. „Mum würde mir das Fell über die Ohren ziehen, wenn sie mich aus nächster Nähe erwischen würde und ich ihr eine Ausrede lieferte, wie, dass ich *mich nur unterhalte.*"

Chase öffnete den Mund und schloss ihn sofort wieder. Er war ein kluger Mann, klug genug, um zu erkennen, dass er diese Debatte mit seiner kleinen Schwester nicht gewinnen konnte.

„Devlin meint, wir könnten am Donnerstag mit der *Fidelis* rausfahren, wenn der Rest der Familie auf der *Baroness* ist."

„Und wer wird den Gouverneur dazu überreden?" Chase legte eine Hand auf C.J.s Rücken und führte sie zum Tisch, Siobhan im Schlepptau.

„Ich natürlich!" Die junge Frau grinste. C.J. konnte verstehen, warum Chase eine Schwäche für seine jüngste Halbschwester hatte. Sie hatte etwas Warmes an sich, was sich ausbreitete und die Menschen um sie herum umarmte.

„Du bist wahrscheinlich die Einzige, die das könnte."

Siobhan nahm den Platz neben C.J. ein. „Hat Chase dir von der *Fidelis* erzählt?"

C.J. schüttelte den Kopf. Sie hatten gestern Abend andere Dinge im Kopf gehabt.

„Sie ist eine fünfzehn Meter lange Rennjacht. Devlin und Chase waren mit ihr Zweite im America's Cup."

C.J. drehte sich zu Chase. Er hatte Segeln mit keinem Wort erwähnt. Geschweige denn Rennen.

Chase zuckte mit den Schultern. „Das ist schon

sehr lange her.“

Wo Chase bescheiden war, war seine jüngste Schwester voller Informationen. C.J. erfuhr alles über das Schiff, darüber, dass es Chase war, der Kyle die Kunst des Regattierens beigebracht hatte, und darüber, dass das Segelboot, nachdem es von der Regattastrecke zurückgezogen worden war, im Inneren für mehr Komfort umgebaut worden war, aber an einem windigen Tag immer noch rasen konnte. C.J. wurde schnell klar, dass Siobhan Chase abgöttisch liebte. Die junge Frau strahlte förmlich vor Stolz über die Leistungen ihres Bruders und konnte kaum stillsitzen, als er und sein Cousin Devlin ihr erlaubten, bei der Besatzung des Segelbootes mitzuhelfen. Der junge Mann, der Siobhan begleitete, Michael, ein Cousin mütterlicherseits, aß wie ein echter Burschenschaftler und blickte nur ab und zu auf, um den Leuten um ihn herum ein Lächeln zu schenken, bevor er sich wieder in die Unmengen an Essen auf seinem Teller vertiefte.

C.J. aß gerade ihren letzten Bissen French Toast, als Eve hinter ihnen auftauchte.

„Craig und ich machen uns in ein paar Minuten auf den Weg. Der Gouverneur und Grandma sind auch bereit.“

Chase schaute in C.J.s Richtung und fragte nur mit den Augen, ob sie bereit sei. Mit einem kurzen Nicken legte sie ihre Serviette auf den Tisch neben sich und schob ihren Stuhl zurück.

„Komm, Michael!“ Siobhan stand auf und zerrte am Ärmel ihres Cousins. „Wir werden mitgehen.“

„Wer ist wir?“ Chase runzelte die Stirn.

„Ich, Sir.“ Das waren Michaels erste Worte, seit er sein Essen praktisch inhaliert hatte.

„Auf der falschen Straßenseite?“ Chases Worte bewegten sich auf einem schmalen Grat zwischen Neckerei und Tadel.

„Auf der falschen Straßenseite, Sir. Aber ich fahre gut auf der rechten Seite. Siobhans Mutter hat sich davon überzeugt, bevor sie mich vom Flughafen Dallas hierher hat fahren lassen."

„Abgesehen von den Scheibenwischern." Siobhan lachte, und Michael sah sie mit einem strengen Blick an. „Tut mir leid", fügte sie mit einem Hauch von Schalk in den Augen hinzu.

„Aus Gewohnheit habe ich das eine oder andere Mal nach den Scheibenwischern statt nach dem Blinker gegriffen. Aber ich kann Ihnen versichern, dass das kein Problem war. Ich habe das so schnell korrigiert, dass andere Fahrer wussten, was ich vorhabe."

„Und wir haben nun eine sehr saubere Windschutzscheibe." Siobhans Augen funkelten vor Freude. Diesmal lächelte C.J. mit, obwohl Chase es nicht tat.

„Du solltest mit uns fahren", sagte er schließlich.

Siobhans Blick wechselte innerhalb eines Herzschlags von amüsiert zu entschlossen. „Jetzt mach nicht einen auf väterlich! Wir nehmen nicht an einem Grand Prix teil. Außerdem ist jedes Auto bereits voll."

„Das stimmt", warf Eve ein. „Der Gouverneur und Grandma wollen mit dir und C.J. fahren."

Chase drehte langsam den Kopf herum. „Was?"

„Du hast mich schon verstanden. Er hat die Limousine mit Olivers Familie vorausgeschickt. Und wenn du mich fragst, sind wir auf dem Weg hierher hinter Siobhan hergefahren. Michael hat sich gut geschlagen."

Der junge Mann lächelte Eve anerkennend an, sagte aber nichts.

Der Stock des Gouverneurs klopfte auf den Parkettboden, als er den Speisesaal betrat. „Fangen wir mit der Show an!"

Ja, in der Tat, und was für eine Show das werden sollte!

„Wusstest du, dass Michael Siobhan fährt?", sagte Chase zu seinem Großvater auf dem Beifahrersitz.

„Das wusste ich. Er hat Siobhan schon einmal in die Staaten begleitet. Er hat sich als guter Fahrer und zuverlässiger Reisebegleiter erwiesen."

Obwohl der Gouverneur ihn beruhigte, fühlte sich Chase alles andere als sicher, als er daran erinnert wurde, dass seine kleine Schwester nicht mehr klein war. „Mag sein, aber ich muss es trotzdem nicht gutheißen."

Die stoische Miene des Gouverneurs änderte sich nicht, aber Chase konnte seine Großmutter auf dem Rücksitz lächeln sehen.

„Du wirst ein hervorragender Vater sein", sagte Grandma, und in ihren Augen spiegelte sich Freude.

„Grandma!", mahnte Chase leise. Er wünschte, er könnte C.J.s Gesicht ganz sehen. Er wusste nicht, was schlimmer war: dass sein Großvater sein Date in die Mangel genommen hatte oder dass seine Großmutter sie mit nicht ganz so subtilen Anspielungen drängte.

„Hat dir das Frühstück gefallen, Schatz?"

C.J. nickte. „Sehr gut, danke."

„Das Haus ist völlig ausreichend für unsere kleine Familie. Allerdings gibt es bereits Pläne für eine Erweiterung, wenn die Familie weiter wächst. Du weißt schon, Platz für die Urenkel."

C.J. nickte. Chase seufzte.

„Wir freuen uns so darauf, wieder kleine Kinder im Haus zu haben." Seine Großmutter richtete ihre Bemerkung an Chase und schenkte C.J. dann ein sanfteres Lächeln.

„Hör auf deine Großmutter!", brüllte der Gouverneur neben ihm. „Du hast lange genug herumgespielt.

Es ist an der Zeit, ernst zu machen. Du hast hier ein nettes Mädchen …"

„Gouverneur!" Chase hätte darauf bestehen sollen, dass Eve und Mitch ihn und ihre Großmutter mitnahmen.

„Hör auf damit! Du bist fünf Jahre älter als Andrew. Es ist an der Zeit, Junge! Es ist an der Zeit. Magst du Kinder?", fragte der Gouverneur über seine Schulter.

„Tut das nicht jeder?"

„Ich werde langsam ungeduldig", murmelte der Gouverneur. „Ich sollte an Feiertagen und Wochenenden eine Schar kleiner Kinder um mich haben."

„Gouverneur", schaltete sich Chase ein, „wenn Andrew und Nancy heiraten, wirst du bald Urenkel haben."

Und so ging das Gespräch die nächste Stunde weiter, hin und her, wobei Chase sich bemühte, es auf andere Personen als sich und C.J. zu lenken. Sie hielt sich wacker. Wie ein echter Soldat. Fügte sich gut ein. Sehr gut sogar. So gut, dass C.J. den Gouverneur dazu brachte, den Prozess von Baron Enterprises zu dem florierenden Unternehmen, das Chase heute leitete, in höchster Detailgetreue nachzuerzählen, als sie auf den Parkplatz des Resorts fuhren. Aber anstatt dass C.J.s Augen glasig vor Langeweile wurden, hörte sie dem Gouverneur aufmerksam zu. Sie stellte in den richtigen Momenten die entscheidenden Fragen und brachte den Gouverneur während der kurzen Autofahrt mehr zum Lächeln als Chase bei unzähligen Familienessen miterlebt hatte. Offenbar war er nicht der einzige Baron-Mann, den C.J. für sich hatte gewinnen können.

Chase atmete noch einmal erleichtert aus, als Michael vor dem Eingang des Resorts anhielt. Siobhan stieg aus dem Auto, lehnte sich kurz gegen das Beifahrerfenster und drehte sich dann um, um ins Haus zu gehen, während ihr Cousin einen schattigen Platz auf dem Parkplatz ansteuerte, um den Wagen abzustellen.

Mit seinen beiden alternden Großeltern im Auto fuhr Chase auf den Behindertenparkplatz. Mit laufendem Motor sprang er heraus, um die Tür seiner Großmutter zu öffnen, während C.J. die Tür des Gouverneurs aufmachte. Chase wusste nicht, ob der Gouverneur ihre Haltung erkannte oder nicht, aber er selbst war sich sicher, dass sie dazu neigte, in einer Position zu stehen, die er für eine Parade hielt. Geradlinig, stramm und bereit, in Aktion zu treten. C.J. hatte ein wachsames Auge auf den alten Mann, der darauf bestand, ohne Hilfe aus dem Auto zu steigen, und war bereit, bei Bedarf einzugreifen.

Chase konzentrierte sich auf die langsamen Schritte seiner Großmutter, als sie das Auto umrundete, und hätte das ungewöhnlich laute Grollen des Motors beinahe ignoriert. Erst als er C.J. schreien hörte, sah er auf. Sie drückte sich an seinen Großvater und stand mit dem Rücken zu einem großen schwarzen Sedan, der zwischen den Reihen der geparkten Autos hindurch und dann an ihnen vorbeiraste.

Man hörte das Krachen von zersplitterndem Glas, gefolgt von knirschenden Geräuschen und einem markerschütternden Schrei.

KAPITEL SECHZEHN

C.J. rannte in vollem Sprint los, Chase war dicht hinter ihr.

Die einst schöne Lobby war mit Staub, Glasscherben, zerborstenem Holz und kaputten Rigipsplatten bedeckt. Sie sah aus wie ein Schrottplatz, abgesehen von den erschütterten Menschen, die sich aneinander kauerten. Tränen, Gebete und Schmerzensschreie versetzten C.J. in eine Zeit und an einen Ort, an dem Zerstörung und Tod zu ihrem Alltag gehört hatten.

Sie schüttelte die Bilder ab und suchte nach der Stelle, an der sich die am meisten verletzten Opfer befanden. Ihr Herzschlag wurde mit jeder Person, die unversehrt geblieben war und Staub abklopfte, langsamer. Ein hochgewachsener Mann, den C.J. nicht kannte, lehnte sich kopfschüttelnd in das Auto, das in die Lobby gerast war. Der Fahrer war tot. Mit schnellen Schritten suchte C.J. weiter nach Schwerverletzten.

„Was zum Teufel?" Einer der Baron-Brüder kam durch eine Stelle hereingelaufen, wo früher eine Mauer gewesen war.

„Kopfwunde!", rief sie, als sie einen jungen Mann erblickte, der auf den Knien hockte und ausdruckslos vor sich hin starrte, während sich ein schmaler Blutstrom langsam den Weg über seine Wange bahnte. „Sanitäter!", rief sie ohne nachzudenken und beugte sich hinunter, um den Mann zu untersuchen. Da fiel ihr ein, dass keine Sanitäter da waren, die helfen konnten.

Chase kniete sich neben sie. „Was brauchst du?"

Nach einer kurzen Begutachtung der blutenden Wunde erwiderte sie: „Die Verletzung ist nur oberflächlich. Druck wird ausreichen, bis Hilfe kommt."

Mitch Baron kam herbeigelaufen. „Ich kümmere mich darum."

C.J. stand auf und ging zügig zu der Stelle, wo der Wagen zum Stehen gekommen war. Sie war dankbar, dass es nur wenige Verletzte gab. Mit Prellungen und Knochenbrüchen konnte sie umgehen. Und dann sah sie es. Den größer werdenden roten Fleck auf der grauen Leinenhose. Sie rannte los und blieb bei dem schlaffen Körper neben dem Fahrzeug stehen.

Siobhan!

Der Blutfleck auf ihrem Oberschenkel wuchs. Schnell. Zu schnell. Die Oberschenkelarterie. Verdammt! C.J. riss sich die Bluse vom Leib, legte sie über die lebensbedrohliche Wunde, stützte sich mit ihrem ganzen Gewicht auf das verletzte Bein und drehte sich zu dem Mann im Anzug um, der neben ihr stand. „Geben Sie mir Ihre Krawatte! Sofort!" Sie presste beide Hände fest auf die noch immer heftig blutende Wunde und rief Chase zu: „Komm her! Drück so fest wie möglich! Ich muss das Bein abbinden."

Chase kniete sich neben sie. „So?"

Seine Hände bedeckten ihre, und sie wünschte sich für den Bruchteil einer Sekunde, sie könnte die Elektrizität, die immer zwischen ihnen funkte, nutzen, um die Wunde zu kauterisieren. Was für ein interessanter Gedanke! „Ja, genau so."

Eine braune Krawatte baumelte nun vor ihr. Rasch wickelte sie sie um Siobhans Oberschenkel, drehte sie fest um diesen, steckte ein zersplittertes Holzstück hinein, drehte sie noch fester und band einen Knoten. Sie musste die Durchblutung vollständig stoppen. C.J.

betete, dass der Verlust des Beins nicht der Preis für die Rettung von Siobhans Leben sein würde.

In die Runde rief C.J.: „Ich brauche etwas, um ihre Füße hochzulegen! Kissen, Polster, irgendetwas. Sie fällt in einen Schock." Siobhan verlor immer noch sehr viel Blut, und es war lebenswichtig, dass das verbliebene Blut zum Gehirn und den wichtigsten Organen geleitet wurde und nicht in die Extremitäten. „Wann kommt der Krankenwagen?"

Kyle hielt sein Handy hoch. „Nichts passiert. Ein Sattelschlepper ist auf der Brücke umgekippt und hat mehrere Autos mitgerissen. Es gibt viele Verletzte. Alle verfügbaren Einsatzfahrzeuge sind an der Unfallstelle. Die Zufahrt nach Houston ist blockiert. Keiner kann rein oder raus. Der Hubschrauber der *Baroness* ist auf dem Weg hierher."

Man schob ihr zwei große Kissen aus teurer ägyptischer Baumwolle zu. Sie erkannte die leuchtend blauen Augen der Barons. Ein weiterer Bruder. „Danke."

Immer noch auf den Knien hockend, legte sie beide Kissen unter die Füße der jüngsten Baron-Schwester. Die junge Frau fiel zweifellos in einen Schock. Sie hatte schon zu viel Blut verloren. *Verdammt noch mal!*

Sie brauchte den Hubschrauber sofort, bevor die Zeit für das Bein ablief. Als sie den Körper des Teenagers nach weiteren Verletzungen absuchte, fiel ihr Blick auf Siobhans Gesicht. Ihre Lippen waren blau angelaufen. *Verdammt!* C.J. hielt die Nase des Mädchens zu und legte seinen Kopf zurück, damit sie eine Mund-zu-Mund-Beatmung durchführen konnte.

Das erwartete selbständige Einatmen blieb aus – keine Bewegung der Brust. *Verdammt, die Luftröhre ist verstopft!* C.J. brauchte Hilfe, und zwar schnell. „Ich brauche ein Messer, ein schmales Rohr, einen Stift und einen harten Strohhalm."

Die Menschen um sie herum stoben auseinander.

Alles, was sie hörte, waren „Ich kümmere mich darum.", „In meiner Tasche." und „Bin gleich zurück.". Das „Bin gleich zurück." sollte besser verdammt bald sein, sonst würde sie diese süße junge Frau verlieren.

Schutt wurde neben ihr beiseitegeschoben, und ein Einwegbecher mit einem Strohhalm wurde ihr vor die Nase gehalten. „Ist es schlimm, dass ich daraus getrunken habe?"

„Nein." Sie schnappte sich den Strohhalm. „Ich benötige außerdem Klebeband. Und Alkohol. Egal, was. Schnaps zum Beispiel."

Weitere Gegenstände tauchten vor ihrem Gesicht auf. Ein Jagdmesser. Klebeband. Kein Alkohol. „Hat jemand ein Streichholz oder Feuerzeug?" Was nur ein paar Sekunden gedauert hatte, fühlte sich wie eine Ewigkeit an. Siobhans Lippen hatten einen dunkleren Blauton angenommen. *Bleib bei mir, Siobhan!* C.J. war nicht Tausende von Meilen zurückgereist, um *erneut* Kinder in einem Leichensack oder in Einzelteilen nach Hause zu schicken.

Ein rotes Feuerzeug baumelte vor ihr, und sie hörte eine Frau schimpfen: „Arthur, du hast versprochen aufzuhören!" Gefolgt von der sofortigen Antwort: „Bist du nicht froh, dass ich es nicht getan habe?" Die verärgerte Frau hatte darauf keine Antwort, aber in diesem Moment war C.J. sehr froh darüber, denn bis jetzt war die Messerspitze das Einzige, was auch nur annähernd steril war.

Schwere Schritte kamen von hinten heran. „Hier ist etwas Jack Daniel's."

„Danke." Sie hatte keine Ahnung, zu wem sie das gesagt hatte. Sie schnappte sich die Flasche und kippte die Hälfte davon über die Messerklinge und den Hals ihrer Patientin, dann suchte sie den Krikoidknorpel und machte einen horizontalen Schnitt in Siobhans Hals. Rasch teilte sie den Strohhalm in zwei Hälften und führte ihn in den Schnitt ein. Beim Rauschen der Luft pulsierte sofort Hoffnung durch C.J.s Adern. Sie war keine Chirurgin, und dies war kein steriler OP-Saal, aber wenigstens flogen um sie herum keine Bomben in die Luft. Sie hatte schon unter schlimmeren Bedingungen gearbeitet, um einen Patienten zu stabilisieren. *Die goldene Stunde*. Gott, wie sie diese hasste! Das kleine Zeitfenster, in dem man Leben retten konnte, bis man sie irgendwo hinschicken und zusammenflicken lassen konnte.

Im Vertrauen darauf, dass der Trachealtubus vorerst gut genug funktionierte, untersuchte C.J. das verletzte Bein erneut. Die Blutung hatte aufgehört. Der Kreislauf leider auch. Ihnen blieb nicht mehr viel Zeit, um das Bein zu retten. Wo, zum Teufel, war der Hubschrauber?

Je länger Chase mit seiner unmittelbaren Familie in der Notaufnahme wartete, desto mehr wichen Angst und Panik langsam Hoffnung. Er und C.J. waren mit Siobhan gekommen. C.J. hatte während des Flugs nichts gesagt, aber er hatte an ihrem Blick erkannt, dass sie sich Sorgen machte. Der Hubschrauber hatte weitere Flüge gemacht, um seine Geschwister und Großeltern zu holen. Die Cousins und Cousinen warteten in der Ferienanlage. Er wusste, dass der Rest des Baron-Clans auch bald eintreffen würde. Der Gouverneur mochte die meiste Zeit ihres Lebens mit harten Bandagen gekämpft haben, aber er hatte sichergestellt, dass jeder Baron verstand, dass die Familie die Geheimwaffe im Krieg für das Leben war.

Die Flügeltüren öffneten sich, und C.J. kam in einem Kittel aus dem Notfallbereich heraus.

„Sie haben mir etwas Sauberes zum Anziehen gegeben", erklärte sie.

Chase nickte. „Du warst unglaublich."

Sie blinzelte ein paarmal und überraschte ihn, indem sie auf ihn zukam und ihre Stirn auf seine Schulter legte.

Chase umarmte sie und fuhr mit den Fingern durch ihr Haar. Er wusste nicht, was er sagen sollte. Oder ob er überhaupt etwas sagen sollte. Aber sie zu halten, fühlte sich richtig an. Für andere mochte es so aussehen, als sei er derjenige, der ihr Kraft und Trost spendete, doch in Wahrheit gab es ihm die Kraft, die er brauchte, sie in seinen Armen zu halten. Erst in dieser Sekunde wurde ihm klar, wie sehr er sich selbst vernachlässigt hatte. War es möglich, sich innerhalb weniger Tage in jemanden zu verlieben? So wenig über diese Frau zu wissen und doch das Gefühl zu haben, alles zu wissen, was er wissen musste?

C.J. legte ihre Wange an seine Brust und schlang die Arme um ihn.

O ja, das war definitiv Liebe. Es gab nur wenige Dinge, derer er sich im Leben sicher war. Des Todes, von dem er bei Gott hoffte, dass er heute nicht eintreten würde. Der Steuern. Und während er so dastand und mit C.J. im Takt atmete, war er sich sicher, dass er nie wieder zu seinem früheren Leben würde zurückkehren können. C.J. Lawson war für ihn bestimmt. Jetzt musste er sie nur noch davon überzeugen.

KAPITEL SIEBZEHN

C.J. hatte keine Ahnung, wie viel Zeit vergangen war, seit Siobhan in den OP-Saal gerollt worden war und sich C.J. dann in Chases sichere Umarmung begeben hatte. Er hatte sie ruhig gehalten und ihr schließlich vorgeschlagen, sich zu setzen. Immer noch einen Arm um sie legend, waren sie zu den Stühlen im Wartezimmer gegangen. Nachdem sie sich gesetzt hatten, hatte sie ihren Kopf an seine Schulter gelehnt, und er hatte einen Arm schützend um sie gelegt. Keiner sagte ein Wort. Man hätte die sprichwörtliche Stecknadel auf den Kachelboden fallen hören können.

Wenigstens war Siobhan noch am Leben – knapp, aber dennoch. Das war immerhin etwas. Und jetzt klammerte sich C.J. an das alte Sprichwort: *Keine Nachrichten sind gute Nachrichten*. Wenn die Ärzte Siobhan bei der Operation verloren hätten, wäre inzwischen jemand gekommen, um mit ihnen zu sprechen. Die Frage, die sie immer wieder quälte, war: Hatte sie genug getan? Würde Siobhan ihr Bein behalten?

Und dann spürte C.J. es – die zärtliche Berührung von Chases Lippen auf ihrem Kopf. Keine sinnliche Berührung, sondern eher eine Geste des Trostes. Fast so, als wüsste er, dass sie sich Selbstvorwürfe machte und eine Aufmunterung brauchte. Der schlichte Kuss gab ihr das Gefühl, dass er sich voll und ganz um sie kümmerte. Sie wurde geschätzt. Geliebt. Und das gefiel ihr. Sehr sogar. Aber das durfte nicht sein. Doch so sehr sie das auch leugnen wollte, C.J. war dabei, sich in Chase Baron zu verlieben.

„Gouverneur Baron?", fragte ein Mann, und C.J. hob den Kopf und bemerkte, dass die anderen bereits standen und darauf warteten zu hören, was der Arzt zu sagen hatte. „Ihrer Enkelin geht es besser, als wir erwartet hatten. Ich sehe keinen Grund, warum sie sich nicht vollständig erholen sollte."

Sofort verflüchtigte sich die schwere Spannung, die die Stille so erdrückend gemacht hatte. Umarmungen, Lächeln und männliches Schulterklopfen wurden freudig ausgetauscht.

Um Chase zu seiner Familie gehen zu lassen, schickte sich C.J. an aufzustehen, aber er rührte sich nicht. Er wollte nicht hören, was der Arzt noch zu sagen hatte. Er saß nur da und starrte sie an, musterte sie. Von seinem intensiven Blick wurde ihr ganz heiß. Wie zum Teufel sollte sie in ein paar Tagen wieder gehen und so tun, als hätte es Chase Baron nie in ihrem Leben gegeben?

„Wer von Ihnen hat Erste Hilfe geleistet?" Der Arzt war groß, bereits etwas älter und hatte grau meliertes Haar. Seine dröhnende Stimme passte perfekt zu dieser Erscheinung.

Chase nickte ihr zu und lächelte. Langsam stand sie auf und ging zu den anderen Familienmitgliedern. Chase blieb an ihrer Seite, und eine seiner Hände ruhte beruhigend auf ihrem unteren Rücken. Er war für sie da. „Sie war das."

Der Arzt betrachtete sie einen Moment lang, bevor er sagte: „Unter diesen Umständen haben Sie hervorragende Arbeit geleistet. Sie haben ihr Leben *und* das Bein gerettet."

Zum ersten Mal seit Stunden zeichnete sich ein

Lächeln auf ihrem Gesicht ab. „Gut."

„Wer sind Sie, und woher haben Sie Ihr Wissen?"

„Lieutenant C.J. Lawson, US Navy. Drei Einsätze im Land."

Der Arzt presste die Lippen zusammen und senkte kurz das Kinn. „Wenn das Militär genug von Ihnen hat, kommen Sie zu mir!"

C.J. nickte höflich. Die Atemnot, die sie normalerweise überkam, wenn es darum ging, einen zivilen Job in der Krankenpflege zu erhalten, blieb aus. Vielleicht war sie bereit weiterzuziehen. Vielleicht war sie aber auch noch betäubt von dem erlebten Adrenalinschub.

„Weiß jemand, was zum Teufel passiert ist?", fragte Mitch.

Kyle nickte. „Sieht aus, als hätte der Fahrer einen Herzinfarkt erlitten, während er am Steuer saß. Keine weiteren Schwerverletzten. Die Einsatzkräfte sind bereits vor Ort und räumen auf."

Eve lehnte sich an ihren Bruder Craig. „Ich denke immer wieder daran, wie viel schlimmer es hätte sein können, wenn Siobhan nur ein paar Zentimeter weiter links gestanden hätte. Das Auto hätte sie niedermähen können."

Mitch löste sich von der Menge und ging zu C.J. „Danke. Wenn du nicht da gewesen wärst, hätte keiner von uns erkannt, wie schwer ihre Verletzung ist."

„Und keiner von uns wäre in der Lage gewesen, das zu tun, was du getan hast." Eve trat um ihren Bruder herum und umarmte C.J. „Ich danke dir."

C.J. wurde von den Danksagungen der restlichen Barons beinahe erdrückt.

„Lieutenant." Der Gouverneur klopfte mit seinem Stock auf den Boden.

„Sir." Aus Gewohnheit schlug C.J. die Hacken zusammen und stand stramm.

„Rühren Sie sich, Soldatin!" Wie das Rote Meer

teilte sich die Familie und machte Platz für den Gouverneur. „Ich wusste, dass ich dich mag. Egal, was dieser törichte Enkel von mir tut, du gehörst zu dieser Familie. Vergiss das nie!"

C.J. nickte. Wenn Chase doch nur ebenso empfinden würde.

Erst als Siobhan die Augen geöffnet hatte und C.J. sich davon hatte überzeugen können, dass es ihrer Patientin tatsächlich gut gehen würde, stimmte sie zu, zurück in die Suite gebracht zu werden. Nachdem sie geduscht und sich frische Sachen angezogen hatte, verbrachten sie und Chase den restlichen Abend auf dem Sofa und sahen sich eine romantische Komödie nach der anderen an. Nach jedem Film spürte er, wie die Spannung in C.J.s Körper ein wenig nachließ.

Als der Zimmerservice das Abendessen brachte, waren die dunklen Ringe unter ihren Augen beinahe verschwunden. Und als die Nacht das letzte Tageslicht verschluckte, war das Bedürfnis nach Ruhe verflogen, und sie tauschten weitere Geschichten aus. Chase erzählte ihr von dem Jahr, in dem er und Devlin am America's Cup teilgenommen hatten. Sie erzählte, wie es war, die durchschnittlich aussehende, kluge Schwester einer Schönheitskönigin zu sein.

Der Gouverneur hatte dafür gesorgt, dass Siobhans Mutter Maura mit einem Firmenjet eingeflogen wurde. Sie hatten den Film *My Cousin Vinny* beendet und wollten gerade mit *The Last Holiday* mit Queen Latifah beginnen, als es leise an die Tür klopfte.

„Ich werde aufmachen." So sehr Chase es auch bedauerte, die bequeme Stütze, die er C.J. bot, aufzugeben, so sah sie doch immer noch viel zu erschöpft aus, um an die Tür zu gehen.

Zu seiner Überraschung stand Maura auf der anderen Seite. „Ich hoffe, es ist noch nicht zu spät.“

„Nein, natürlich nicht.“ Chase bedeutete ihr hereinzukommen. „Ist alles in Ordnung mit Siobhan?“ Er war sich sicher, dass sich jemand bei ihm gemeldet hätte, wenn es ihr schlechter gehen würde, aber er verstand nicht, warum Maura hier war.

„Es geht ihr gut. Sie schläft wie ein Baby. Die Ärzte haben mich praktisch rausgeworfen.“

Das hörte sich nicht gut an. „Ich rufe gleich im Krankenhaus an.“

„Nein!“ Sie streckte einen Arm aus. „Ist schon gut. Ich gehe duschen, ziehe mich um, esse vielleicht etwas und fahre zurück. Ich weiß, dass sie die ganze Nacht schlafen wird, aber ich möchte trotzdem an der Seite meines Babys sein.“

„Natürlich. Ich sorge dafür, dass ein Fahrer zur Stelle ist.“

Wieder hielt sie ihm eine Hand hin und schüttelte den Kopf. „Der Gouverneur hat sich um alles gekümmert. Ich wollte mich nur kurz bei C.J. bedanken.“

Gleich nach dem ersten Satz war C.J. aufgestanden und in den Flur gekommen. „Ich bin froh, dass ich da war.“

„Das bin ich auch.“ Mauras letztes Wort kam als Schluchzer heraus, und sie brach in C.J.s Armen beinahe zusammen. „Ich kann mir ein Leben ohne mein Baby nicht vorstellen.“

„Ist schon gut.“ C.J. hielt Siobhans Mutter fest, und Chase befand sich in der unangenehmen Lage, nicht zu wissen, was er tun oder sagen sollte.

Da er seit fast einem Jahrzehnt an der Spitze des Familienunternehmens stand, fiel es ihm leicht, Entscheidungen auf der Grundlage von Fakten zu treffen. Wie man eine Mutter tröstete, die kurz davor gestanden hatte, ihre einzige Tochter zu verlieren, lag außerhalb seiner Fähigkeiten, und nicht zum ersten Mal war er heute sehr dankbar, C.J. an seiner Seite zu haben.

Maura trat zurück, wischte sich über die Augen, kramte in ihrer Handtasche, schüttelte den Kopf und murmelte: „Oh, verdammt. Ich dachte, dass ich hier irgendwo ein Taschentuch hätte."

„Hier." Chase zog eines aus seiner Hosentasche. Ein Relikt aus den Zeiten der Ritterlichkeit, und hin und wieder war er froh, dass er immer eines dabeihatte. Heute war keine Ausnahme.

Maura wischte sich die Tränen vom Gesicht und lächelte ihn an. „Du warst immer ihr Liebling."

Alles, was er tun konnte, war zu lächeln. Alle seine Geschwister hatten einen Platz in seinem Herzen, aber Siobhans Platz war vielleicht ein klein wenig größer als der der anderen.

„Ich gehe jetzt besser."

C.J. schüttelte den Kopf. „Sie können so lange bleiben, wie Sie wollen. Wir wollten uns gerade Popcorn machen und einen lustigen Film ansehen. Möchten Sie sich uns anschließen?"

Maura strich sanft über C.J.s Wange, lächelte und seufzte. „Danke für das Angebot, aber ich will zurück ins Krankenhaus. Der Arzt hat mir gesagt, dass wir Siobhan ohne Sie verloren hätten. Ich wollte mich persönlich bei Ihnen bedanken."

C.J. schloss kurz die Augen und wiederholte: „Ich bin froh, dass ich da war."

„Ich auch." Maura trat einen Schritt zurück. „Ich lasse euch zwei nun euren Film ansehen."

„Wir werden morgen früh im Krankenhaus sein."

„Eve ist jetzt bei ihr. Sicherlich wird stets ein Familienmitglied bei ihr sein, bis sie entlassen wird."

„Bestimmt." Chase widerstand dem Drang, C.J. an sich zu ziehen, und begleitete stattdessen seine einstige Stiefmutter zur Tür. „Wenn du etwas benötigst, egal was, egal zu welcher Zeit, lass es mich einfach wissen."

Nach einigen weiteren höflichen Sätzen schloss Chase die Tür hinter der Ex-Frau seines Vaters.

„Alles in Ordnung?" C.J. legte eine Hand auf seine Schulter und lehnte sich an ihn.

„Ja, jetzt schon." Er nahm ihre Hand in seine und dankte dem Himmel, dass er diese Frau in sein Leben gebracht hatte. Als sie zum Sofa und dem großen Flachbildfernseher zurückkehrten, mit einer Schüssel Parmesan-Popcorn auf dem Schoß und C.J. dicht an ihn geschmiegt, ließen sie die Schwere des Tages an sich heruntergleiten. Sie lachten und lächelten und redeten weiter, bis der Stress des Tages in weite Ferne gerückt war. Auf jeden Fall würde er ein paar Veränderungen in seinem Leben vornehmen müssen – und C.J. irgendwie davon überzeugen, ein Teil davon zu werden.

KAPITEL ACHTZEHN

Der Dienstagmorgen war hell und strahlend. Die beiden waren auf der Couch eingeschlafen und erwachten mit dem ersten Sonnenstrahl, der den großen Raum erhellte. Trotz des gestrigen Chaos verlief der heutige Tag weitgehend nach Plan. Jedes Familienmitglied, das gerade nicht an den Hochzeitsvorbereitungen beteiligt war, saß abwechselnd bei Siobhan und ihrer Mutter. C.J. verstand, dass die Familie Baron momentan im vollen Unterstützungsmodus war.

„Ja, Sir. Ich verstehe. Ausgezeichnet. Ja, Sir." Chase nickte.

Eve beugte sich zu C.J. „Es ist eindeutig der Gouverneur am Apparat."

„Woher weißt du das?" Nancy, die am selben Tisch saß, an dem sie sich am ersten Abend kennengelernt hatten, sah Eve mit gerunzelter Stirn an.

„Zu viele Sirs in einem Gespräch, als dass es jemand anderes sein könnte." Eve zuckte mit den Schultern.

„Nun." Chase steckte sein Telefon in die Hosentasche. „Das junge Alter hat seine Vorteile. Siobhan macht fabelhafte Fortschritte."

„Wie wunderbar!" Eve grinste.

„Die gute Nachricht ist, dass sie in ein paar Tagen entlassen werden kann."

Nancy schlug die Hände zusammen. „Oh, das ist fantastisch!"

„Ja." Chase nahm an C.J.s Seite Platz. „Und wenn sie weiterhin auf dem Weg der Besserung bleibt, darf sie auch an der Hochzeit teilnehmen."

„Wow!" Eve reckte die Faust in die Luft. „Das sind tolle Neuigkeiten."

„Der Nachteil ist natürlich, dass sie nicht in der Verfassung sein wird, eine der Brautjungfern zu sein."

Nancy nickte. „Das haben wir uns schon gedacht."

„Ist es ein Problem, dass wir eine Brautjungfer weniger haben?", fragte Eve. „Ich habe schon ungerade Zahlen von Brautjungfern erlebt."

„Daran habe ich gedacht, und das könnte funktionieren. Aber was ich wirklich möchte ..." Nancy drehte sich auf ihrem Stuhl und sah C.J. an. „Ich weiß, es ist viel verlangt, aber es scheint irgendwie passend, dass du Siobhans Platz in der Hochzeitsgesellschaft einnimmst."

„Ich?" C.J. wäre vor Überraschung fast vom Stuhl gefallen.

„Das ist eine fantastische Idee!" Eve rieb sich begeistert die Hände. „Und ich weiß, dass wir das Kleid so ändern können, dass es dir passt."

„Das stimmt. Du und Siobhan habt die gleiche Größe. Die Schneiderin wird hier und da ein paar Änderungen vornehmen müssen, aber ich weiß, dass sie das rechtzeitig schaffen wird."

„Ich weiß nicht so recht ..." C.J. schüttelte den Kopf, allerdings fiel ihr nicht schnell genug eine Ausrede ein. Es gab viele Dinge im Leben, auf die sie vorbereitet war, aber der Gang zum Traualtar als Durchschnittsfrau in einem Meer von Brautjungfer-Kolleginnen, die wie Models aussahen, gehörte nicht dazu.

„Natürlich kannst du das", fuhr Nancy fort und nannte all die Gründe, warum es eine brillante Idee war und absolut angemessen unter den Umständen, dass C.J. Siobhans Leben gerettet hatte.

C.J. war sich nicht sicher, was ihr unangenehmer war: dass alle ihr die Ehre gaben, Siobhan gerettet zu haben, oder dass sie ein Abendkleid tragen *und* im Mittelpunkt von über hundert Hochzeitsgästen würde stehen müssen, bis die Braut den Altar erreicht hatte. Während Eve und Nancy sie weiterhin mit guten Gründen bombardierten, schaute sie in Chases Richtung. Dieser saß mit verschränkten Armen neben seinem Bruder Mitch und lächelte. Als er ihrem Blick begegnete, zuckte er nur mit den Schultern. Sie hatte den Eindruck, dass er ihr höflich zu verstehen gab, sie solle akzeptieren, dass die Baron-Frauen eine Naturgewalt waren. Da sowohl Nancy als auch Eve auf den Zug der Brautjungfern aufgesprungen war, hatte C.J. keine Chance.

Tatsächlich hatte sie bei so gut wie allem, was passiert war, keine Chance gehabt. Wann immer es möglich gewesen war, hatten Chases Großeltern C.J. und Chase bei den Tagesveranstaltungen zusammengebracht. Trotz ihres anfänglichen Entsetzens, als sie von dem Tennis-Doppelmatch erfahren hatte, hatte sich herausgestellt, dass C.J. eine ziemlich fiese Rückhand besaß.

„Siehst du." Chase hatte ihr die Daumen nach oben gestreckt. „Ich habe dir doch gesagt, dass es keinen Grund zur Sorge gibt."

Auch wenn sie hier und da ein paar Schläge verpasst hatte, war sie unendlich dankbar gewesen, dass sie nicht über ihre eigenen Füße gestolpert und mit dem Gesicht auf dem Sandplatz gelandet war. Sie war jedoch mehr als begeistert gewesen, wie oft es ihr gelungen war, den Ball nicht nur über das Netz zu schlagen, sondern ihn so hart und sauber zu treffen, dass weder Devlin noch seine Schwester Leah hatten zurückschlagen können. Sie hatte keine Ahnung, wann oder wie, aber sie hätte nichts dagegen, ein oder zwei Tennismatches in ihr regelmäßiges Trainingsprogramm einzubauen. Aber wem wollte sie etwas vormachen? Sobald die Hochzeit vorbei war, würde Tennis keinen Platz mehr in ihrer Welt haben. Am Ende hatten Devlin und seine Schwester den Baron Cup gewonnen.

„Ich dachte wirklich, wir würden uns den Cup sichern." Chase hatte sich mit einem Handtuch über die Stirn gewischt. „Bist du sicher, dass du noch nie gespielt hast?"

Sie hatte den Kopf geschüttelt. „Noch nie. Ich schätze, es ist meine gute Hand-Augen-Koordination, die mich zu einer guten Spielerin macht."

„Könnte sein." Er hatte sich vorgebeugt und sie auf die Nase geküsst. „Oder du bist ein Naturtalent."

Dessen war sie sich nicht so sicher gewesen. Aber sie war sich sicher gewesen, dass sie nicht gewollt hatte, dass dieser Tag zu Ende ging. Verdammter Mist!

Obwohl C.J. darauf bestanden hatte, dass sie keine natürliche sportliche Begabung besaß, konnte sie sich, wie sich am nächsten Tag herausstellte, auch auf dem Wasser gut behaupten. Obwohl die Navy keine Segelschiffe benutzte, war C.J. sicher auf den Beinen und eifrig dabei, ins Boot zu springen und zu helfen. Der starke Wind hatte der *Fidelis*, der Lieblingsrennjacht des Gouverneurs, die Kraft der Götter verliehen. In einem kleinen freundschaftlichen Kräftemessen lieferte sie sich mit dem Boot eines Nachbarn ein kleines Rennen. Als das Segelboot auf fast 85 Grad kippte, der Wind die Segel füllte und sie über die Wellen trug, dröhnte C.J.s Lachen durch die Brise und bohrte sich fest in Chases Herz. In diesem Moment schwor er sich, dass er sie für den Rest ihres Lebens auf diese Weise glücklich machen würde, sofern sie das zuließe.

„O mein Gott, das hat so viel Spaß gemacht!" C.J. hüpfte beinahe auf der Stelle. „Kein Wunder, dass Siobhan so gerne segelt. Was für ein Rausch!"

„Nicht dasselbe wie diese großen Marineschiffe?", stichelte er.

„Nicht einmal annähernd." Von Kopf bis Fuß durchnässt, trocknete sie sich mit einem bunten Handtuch ab. „Glaubst du, dass jemand vor der Hochzeit noch einmal mit dem Boot rausfährt?"

Was sie nicht erwähnte, war das Ende ihrer gemeinsamen Zeit. Er konnte den Schatten in ihren Augen sehen, als auch ihr dieser Gedanke offenbar gekommen war.

„Ich bin sicher, dass wir noch einen weiteren Lauf einschieben und sogar Siobhan mit an Bord nehmen können. Als Passagierin. Besatzung ist nicht erlaubt."

„Das würde ihr gefallen." Ihr Lächeln erreichte ihre Augen, und er wusste, dass sie sich mehr um Siobhan sorgte als um sich selbst. In den vergangenen Tagen hatte er viel über diese Frau gelernt. Mit jeder Stunde, die verging, wurde er sich seiner Gefühle für C.J. sicherer. Zum ersten Mal in seinem Leben glaubte er wirklich, dass sein Großvater sich in dem Moment in seine zukünftige Frau verliebt hatte, als er sie zum ersten Mal gesehen hatte – genau wie er es immer gesagt hatte. Obwohl Chase es bis jetzt nicht verstanden hatte, hatte ihn ein Gefühl tief in seinem Inneren in jener ersten Nacht an C.J.s Seite gezogen, wie ein Vogel, der vor dem Winter zielsicher in den Süden fliegt. Und jetzt, weniger als eine Woche später, konnte er sich nicht vorstellen, sie nicht mehr bei sich zu haben. Nur noch zwei Nächte, und wenn er sich nicht etwas einfallen ließ, würde seine Zeit mit C.J. vorbei sein. Was auch immer er tun würde, er sollte es besser schnell tun, oder das Leben nach Samstag würde nicht schön sein.

C.J. warf ihre Strandtasche auf das Sofa und schlenderte in Richtung Küche. „Möchtest du etwas trinken?"

„Wasser wäre toll." Chases Schritte ertönten hinter ihr, als ihr Handy klingelte.

„Hier, bitte. Ich muss da rangehen, das könnte Bev sein." In der Küchentür tauschte sie seine Wasserflasche gegen ihr Handy aus. „Hallo?"

„C.J.?"

Die Stimme kam ihr bekannt vor. „Ja?"

„Hast du eine Ahnung, wie schwer es war, dich ausfindig zu machen? Endlich habe ich deine Mutter dazu gebracht, mir deine Nummer zu geben."

„Captain Miller?"

„Du bist nicht mehr in der Navy, C.J. Nenn mich Debra!"

C.J. schaute zögerlich zu Chase. Er stand nur ein paar Meter vor ihr entfernt, und seine entspannte Haltung hatte sich in angespannte Besorgnis verwandelt. „Schön, von dir zu hören, … Debra."

„Gut, denn ich rufe aus beruflichen Gründen an. Es wird gemunkelt, dass du dich mit deiner Schwester irgendwo entspannst."

C.J. nickte, bevor sie merkte, dass Debra sie nicht sehen konnte. „So in etwa."

„Nun, ich brauche eine Oberschwester für die

Chirurgie. Eine gute."

Ihr Blick fiel auf den Boden, und sie drehte sich um, um sich auch ein Wasser zu holen. „Wie bitte?"

„Du hast mich schon verstanden. Ich biete dir einen Job an. Hier im Bethesda." Debras fröhliche Stimme wurde ernst. „C.J., diese Männer und Frauen brauchen uns noch. Du bist zu gut, um nicht zu arbeiten."

„Ich ..." C.J. hielt die Wasserflasche in einer Hand und drehte sich wieder zu Chase um. Er war nicht näher gekommen, aber er hörte immer noch aufmerksam zu. „Ich weiß es nicht."

„Ich muss die Stelle besetzen. Würdest du wenigstens darüber nachdenken?"

Würde sie? Wollte sie in den OP-Saal zurückkehren? Mit kranken und verletzten Veteranen arbeiten? Seit Siobhans Unfall waren einige Tage vergangen, und die würgende Atemnot, die C.J. früher bei dem Gedanken an eine Rückkehr zur Arbeit befallen hatte, war nicht mehr zu spüren. Auch das Adrenalin wegen Siobhans Verletzungen war längst abgeklungen. Konnte es sein, dass sie wirklich bereit war, wieder zu arbeiten? „Ja. Ja, ich werde darüber nachdenken."

„Gut." Debra Millers fröhlicher Ton war wieder da. „Ich kann es nur noch ein paar Tage offen halten, bevor ich eine Entscheidung treffen muss, aber ich hoffe, du sagst Ja."

„Danke, Debra."

C.J. legte auf und blieb wie erstarrt stehen. Sie blickte auf ihr Handy hinunter, bis Chases Fingerspitzen ihren Arm streiften. „Alles in Ordnung?"

Sie schaute auf, begegnete seinem Blick und nahm sich eine Minute Zeit, um Gedanken zu sortieren, die nicht kommen wollten. Dann zuckte sie mit den Schultern.

„Waren es schlechte Nachrichten?" Seine Augen trübten sich vor Sorge.

„Nein." Sie schüttelte den Kopf. „Es war ein Jobangebot."

Chase ließ die Hand sinken. „Ein gutes?"

„Könnte sein. In Maryland."

Seine Augen, die sich in ernstem Nachdenken verengt hatten, weiteten sich und wurden dann wieder normal, blickten sie beinahe gleichgültig an.

War es ihm egal? Waren sie sich in den vergangenen Tagen gar nicht so nahe gekommen, wie sie gedacht hatte? Was ging ihm durch den Kopf? „Ich weiß nicht, was ich tun soll."

Mit dem Handrücken strich er ihr übers Kinn. „Was willst du denn tun?"

Sie begegnete seinem fragenden Blick und wartete darauf, dass ihr Bauchgefühl zu ihr sprach. „Ich glaube, ich will zusagen."

KAPITEL NEUNZEHN

Endlich war der Tag der Hochzeit gekommen – und C.J. zutiefst verwirrt. Sie hatte jede Veranstaltung viel mehr genossen, als sie erwartet hatte. Jedes Baron-Familienmitglied war von Anfang an sehr nett zu ihr gewesen, und seit dem Unfall mit Siobhan hatte C.J. tatsächlich begonnen, sich auch wie eines zu fühlen.

Niemand war überraschter gewesen als sie, als sie festgestellt hatte, dass die paar Wochen im Sommer-camp ihr eine tolle Rückhand im Tennis beschert hatten. Und obwohl sie wusste, dass sie keine Probleme mit Booten und Seekrankheit hatte, war sie nicht darauf vorbereitet gewesen, dass sie Segeln so sehr lieben würde. Definitiv kein Sport für Arme. Als sie sich mit der Crew unterhalten hatte, war sie erstaunt gewesen über die Kosten für eine Rennjacht und noch erstaunter über die Kosten für das eigentliche Segelboot, von denen die Barons mehr als eines besaßen.

Der Reichtum der Familie Baron war einfach überwältigend. Und doch war es so normal, in ihrer Nähe zu sein. Sie lachten und weinten und sorgten sich und spielten und tanzten und aßen und liebten genau wie jeder andere. Und sie gaben. Trotz ihrer anfänglichen Frustration über die Menge an Geld, die Chase ausgab – vom Parkservice für sein Auto auf einem leeren Parkplatz bis hin zu den Kleidern, die sie wahrscheinlich nie wieder tragen würde – hatte sie inzwischen gelernt, dass die Familie Baron der Philosophie folgte, dass diejenigen, die mit viel gesegnet sind, für viel verantwortlich sind.

Neben der Leitung von Fortune-500-Unternehmen oder erfolgreichen Karrieren war jedes einzelne Mitglied der Baron-Familie an wichtigen Wohltätigkeitsorganisationen beteiligt. Einige saßen in diversen Vorständen, andere kümmerten sich mehr um ihre Lieblingsprojekte, aber alle, auch die Teenager, waren dafür verantwortlich, etwas zurückzugeben. Chase war das Oberhaupt von mehr als einer Sache. C.J. hatte keine Ahnung, wie er sich für all das Zeit nehmen konnte, und sie würde es wahrscheinlich auch nie herausfinden.

In den zwei Tagen seit dem Segeln und dem Anruf von Debra hatte C.J. gehofft, dass er etwas sagen oder tun würde, das andeutete, dass er ihre Vereinbarung verlängern, sie etwas persönlicher gestalten wollte. Sie wollte wieder als Krankenschwester arbeiten, aber das konnte sie überall tun. Für Captain Miller zu arbeiten, wäre ein Kinderspiel. Die Frau war eine phänomenale Chirurgin und eine wunderbare Mentorin. Aber sie war nicht der einzige gute Chef im Land.

Chase hatte sie sowohl vor als auch nach dem Anruf unterstützt und war sehr mitfühlend gewesen. Ein paar Mal hatte sie ihn dabei ertappt, wie er sie mit diesem Ausdruck angesehen hatte, der ihr das Wasser im Munde zusammenlaufen ließ. Mehr als einmal hätte sie schwören können, dass er sie sogar küssen wollte. Aber dazu war es nicht gekommen. Er gab ihr keinerlei Hinweis darauf, dass er die Absicht hatte, ihre Geschäftsvereinbarung zu ändern. Also setzte sie eine tapfere Miene auf und machte weiter, entschlossen, jede Minute der wenigen Zeit, die ihnen noch blieb, zu genießen. Einschließlich dieses Morgens.

„Ich kann nicht glauben, dass wir den ganzen Tag

brauchen, um uns für die Hochzeit fertig zu machen!" C.J. stand von dem kleinen Frühstückstisch auf.

„Alles, was ich weiß, ist, dass es strikte Anweisungen gibt, dass sich alle Frauen bis 10 Uhr im Spa einfinden müssen. Ich bin nicht eingeweiht in eure Folter, äh, Pläne." Chase schenkte ihr ein schelmisches Grinsen.

Es gefiel ihr ganz und gar nicht, dass sie den größten Teil ihres letzten Tages in dieser Scheinwelt ohne Chase würde verbringen müssen. „Es wird ja nicht den ganzen Tag dauern, *meine* Haare zu machen." Der Sinn ihres Kurzhaarschnitts bestand darin, praktisch zu sein.

„Meine Aufgabe ist es nur, dafür zu sorgen, dass du pünktlich bist. Dann sorge ich mit meinen Brüdern dafür, dass Andrew nicht von zu Hause wegläuft."

Chases ernster Gesichtsausdruck ließ C.J. zweifeln. „Du glaubst doch nicht etwa …?"

„Nein." Chase lächelte. „Andrew ist so in Nancy vernarrt, dass ich oft erstaunt bin, dass er noch atmen kann, wenn sie nicht im Raum ist."

„Sie sind beide ganz vernarrt ineinander."

„Es ist beinahe schon lästig."

„Beinahe?"

Chase zuckte mit den Schultern. „Ich kann mich über nichts und niemanden ärgern, der meinen Cousin so glücklich macht."

C.J. erinnerte sich an Chases Bemerkung, dass er im Gr1unde nicht glücklich sei. Komisch, dass der Schein trügen konnte. Für C.J. sahen diese Woche alle glücklich aus. Abgesehen von dem Tag, an dem das führerlose Auto Siobhan fast umgebracht hätte, war sie sich meistens vorgekommen, als wäre sie am glücklichsten Ort der Welt.

„Fertig?" Chase stand an der Tür.

Sie warf sich den Riemen ihrer Handtasche über

die Schulter und zwang sich zu einem Lächeln. „Du musst wirklich nicht mit mir kommen. Ich finde den Weg schon."

Chase fixierte sie mit einem durchdringenden Blick, doch statt eine Hand auszustrecken, wich er wie jedes Mal einen Schritt zurück. Wie war er von tröstenden Liebkosungen dazu gekommen, Abstand zu halten? Und wie konnte sie das vor der Abreise morgen früh ändern?

„Wow!" Eve grinste ihre zukünftige Schwiegercousine an. „Andrew wird seine Zunge verschlucken, wenn er dich sieht."

„Alle sehen wunderbar aus." Nancy schaute über ihre Schulter auf die Frauen, die den größten Teil des Tages damit verbracht hatten, sich für die abendliche Hochzeitszeremonie zurechtzumachen und zu frisieren. C.J. bezweifelte nicht, dass sie alle fabelhaft aussahen. Jeder, der einen ganzen Tag im Spa des Resorts verbracht hatte und buchstäblich von Kopf bis Fuß bearbeitet worden war, sollte fabelhaft aussehen.

Als die Visagistin mit ihrem Augen-Make-up fertig war, war C.J. nicht sicher, ob sie ihre Lider öffnen konnte. Sie hatte noch nie in ihrem Leben so viel Make-up getragen, und verdammt, sie sah fast so gut aus, dass sie bei einem Schönheitswettbewerb ihrer Schwester mitmachen könnte! Selbst ihr militärischer Haarschnitt wirkte stilvoll und feminin. Und das Kleid, das Nancy eingeflogen und für C.J. hatte ändern lassen, ließ sie wie eine Göttin aussehen. Aber noch seltsamer als ihre Verwandlung von der kampftauglichen Soldatin zur Prinzessin war, dass C.J. sich nicht wie eine schlecht angezogene Barbiepuppe fehl am Platz fühlte, sondern absolut schön.

Die ersten Töne der Hochzeitsmusik erklangen. Das war das Stichwort, auf das die Hochzeitsgesellschaft gewartet hatte. C.J., die in der Hackordnung der Brautjungfern am weitesten unten stand, war die Erste, die die Tür verließ. Die Reihe der Baron-Männer am Fuße des Altars war ein beeindruckender Anblick. Mit ihren breiten Schultern, dem kastanienbraunen Haar in diversen Schattierungen und den gefühlvollen Augen hatten sie so viel Testosteron in sich, dass jede Frau in der Kirche weiche Knie bekam. Um ihre eigenen Knie stabil zu halten, versuchte C.J., sich auf den Bräutigam zu konzentrieren. Andrew Baron Miller war charmant, gut aussehend, und die Vorfreude in seinen Augen erwärmte C.J.s Herz. Doch jedes Mal, wenn ihr Blick zu dem Mann neben ihm schweifte, machte ihr Herz einen Satz nach vorne.

Sie nahm ihren Platz auf der den Männern gegenüberliegenden Seite des Altars ein und widerstand dem Drang hinüberzuschauen. Stattdessen konzentrierte sie sich auf die veränderte Musik und die wunderschöne Braut, die in der Vorhalle stand. Nancy sah umwerfend aus, Andrew grinste, und verdammt, C.J. hätte Chase so gerne einen Blick zugeworfen!

Er beobachtete sie. Alle Anwesenden in der Kirche schauten Nancy an, außer Chase. Er sah auch nicht weg. Jedes Mal, wenn C.J. in seine Richtung schaute, begegneten sich ihre Blicke, und ihre Zehen kribbelten. Vielleicht könnte sie sich in Dallas nach Arbeit umsehen. Eine Ausrede finden, um Chase zu treffen. Oder vielleicht sollte sie ihre Träume ad acta legen und auf den Boden der Tatsachen zurückkehren. Ihre Zeit des Vortäuschens war fast vorbei.

Der Mond leuchtete hell über dem Strand. Nancys Mutter hatte dafür plädiert, den Empfang in ihrem Country Club abzuhalten, aber Nancy hatte eine intime Strandhochzeit bevorzugt. Eine Herausforderung bei einer Gästeliste von fast fünfhundert Personen sowie ein weiterer guter Grund dafür, dass ein Empfang im Country Club besser gewesen wäre. Außer wenn man einen Baron heiratet. Für einen solchen war alles möglich. Dieses Privilegs war sich Chase bewusst, seit er alt genug gewesen war, um die Welt um sich herum zu begreifen. Und eines hatte er von seinem Großvater und seiner Großmutter gelernt: Einem Baron war nichts zu viel, wenn es die Frau, die er liebte, glücklich machte.

Andrew hatte sich sofort um alles gekümmert und auch den Gouverneur davon überzeugt, dass die Gästeliste nicht fünfhundert Personen umfassen musste. Eine Firma aus dem Norden des Bundesstaats war beauftragt worden, ein geeignetes Zelt an der einzigen Stelle des Strands aufzustellen, die groß genug war. Andrew und Nancy, die jetzt einen ruhigen Moment allein im Mondlicht verbrachten, hatten noch nie glücklicher ausgesehen – dabei hatten sie auch vorher schon verdammt glücklich ausgesehen.

„Hast du dich schon entschieden?" Craig reichte seinem Bruder Chase eine kalte Bierflasche und folgte seinem Blick zu dem einsamen Paar, das auf dem Sand tanzte.

„Danke." Er nahm das Bier an. „Bezüglich was?"

„C.J."

Chase schaute zum Ufer und zu den Fackeln, die einen Weg zum Strand bildeten. Das Zelt war mit einer Art Gaze bespannt und bot einen atemberaubenden 360-Grad-Blick auf das Wasser und das umliegende Resort. Trotz der großen Menschenmenge hatte das Ambiente etwas Intimes, Romantisches und bot genau den Rahmen, den sich seine neue Schwägerin gewünscht hatte. Auch wenn sie und Andrew sich für ein paar Minuten von allem entfernt hatten, um ganz für sich zu sein. Die Hochzeitsplanerin des Resorts hatte fabelhafte Arbeit geleistet. Sie hatte sogar die wenigen Forderungen des Gouverneurs problemlos erfüllt und Nancy trotzdem ihre Traumhochzeit ermöglicht.

„Sag mir nicht, dass du immer noch darüber nachdenkst", fuhr Craig fort.

„Nein, tue ich nicht."

„Und was willst du jetzt machen?"

„Jetzt? Nichts."

Craigs Flasche blieb auf halbem Weg zu seinem Mund stehen. „Du willst sie aufgeben?"

Chase war ein Baron. Es gab keinen Grund, warum er für die Frau, die er liebte, nicht Himmel und Erde in Bewegung setzen konnte. Was immer nötig war, um sie glücklich zu machen, er würde es tun. Selbst wenn es bedeutete, in Maryland zu leben. Er stellte seine Flasche neben sich auf den Tisch. „Ich habe in meinem Leben noch nie etwas aufgegeben."

KAPITEL ZWANZIG

Da er auf der gegenüberliegenden Seite des Podiums saß, war es unmöglich, zwanglos Blicke auszutauschen, ohne sich offensichtlich nach vorne zu beugen und ihn anzustarren. Die letzten Teller waren abgeräumt worden, und die Band kündigte den Tanz für das Brautpaar an. C.J. standen fast die Tränen in den Augen, als sie bemerkte, dass Andrew mit der Band mitsang. Sie musste nicht von den Lippen ablesen, um zu wissen, dass er jedes Wort von John Legends Liebeslied *All of Me* für seine frisch gebackene Frau wiederholte. Als sie ihre Position ein wenig veränderte, konnte C.J. sehen, dass Nancy ebenfalls mitsang. Sie hätten genauso gut die einzigen beiden Menschen im Raum sein können.

Für das nächste Lied, *100 Years* von Five for Fighting, wurde die Hochzeitsgesellschaft auf die Tanzfläche gebeten. Andrew und Nancy konnten die Augen nicht voneinander lassen, und C.J. sehnte sich nach einem Tanz mit Chase. Die romantische Melodie drang durch den Raum, als sie sich in Mitchs Arm drehte. Nancys Trauzeugin tanzte mit Chase, Eve mit Craig. Ein weiterer gefühlvoller Song setzte ein, der alle Gäste zum Tanzen aufforderte, und C.J. fand sich auf der Suche nach Chase wieder, tanzte aber nun mit Craig.

Die nächsten Songs waren laut und stampfend, und alle Menschen unter fünfzig rannten auf die Tanzfläche und bewegten sich. Es wurde mit den Armen gefuchtelt und herumgesprungen, und C.J. suchte die Menge nach Chase ab. Jedes Mal, wenn sie einen Blick auf ihn erhaschte, wurde er entweder zum Tanzen aufgefordert oder zum Reden in eine ruhige Ecke gezerrt. Wenn er nicht beschäftigt war, dann war sie diejenige, die auf die Tanzfläche eskortiert wurde. Jeder Verwandte der Barons – und davon gab es viele – hielt es für nötig, sie über das Parkett zu führen. Einige wagten es sogar, von ihren Kindheitserlebnissen mit Chase zu erzählen, und wieder andere sangen ein Loblied auf ihn. Man brauchte ihr nicht zu sagen, was für ein toller Kerl Chase Baron war. Das wusste sie bereits.

Nach mindestens einer Stunde ununterbrochenen Tanzens stahl sich C.J. davon und war schon halb auf dem Weg zu ihrem Platz, um sich zu setzen und ihre müden Füße auszuruhen, als Eve sie umkurvte und herumwirbelte. „Sie werden jetzt die Torte anschneiden."

„Können wir nicht vom Tisch aus zusehen?" C.J. deutete hinter sie. Wenn sie jemals wieder Brautjungfer sein sollte, würde sie die trendigen High Heels gegen ein Paar Turnschuhe mit festem Halt tauschen. Sogar Kampfstiefel, wenn sie damit durchkommen sollte.

Eve schüttelte den Kopf. „Nicht, wenn du eine gute Aussicht haben willst."

Die ganze Nacht über hatte C.J. das frisch vermählte Paar beobachten können. Tatsache war, dass sie genug von den verliebten Turteltäubchen hatte. Nicht, dass sie sich nicht für die beiden freute – das tat sie wirklich –, aber sie zu beobachten wurde im Laufe des Abends immer schmerzhafter, während die Hoffnung, mit Chase in Kontakt zu kommen, immer geringer wurde.

Als C.J. in der Mitte der größer werdenden Menge stand, sah sie Chase, der den Raum durchquerte, mit seinem Bruder Craig an seiner Seite. Chase ließ den Blick von links nach rechts schweifen und blieb dann bei ihr stehen. Einer seiner Mundwinkel hob sich zu einem Lächeln, und ihre Muskeln spannten sich in Erwartung seines Näherkommens an. Er war höchstens zwei, drei Meter weit gekommen, als seine Mutter sich zwischen ihn und seinen Bruder schob und die Arme um beide schlang, um sie zu stoppen.

Die Enttäuschung löschte ihre funkensprühende Glut und hinterließ einen hohlen Schmerz. Die Zeit rannte ihr davon.

„Das ist eine wunderschöne Hochzeit." Millicent Bainbridge Baron schob sich zwischen Chase und Craig und schlang die Hände fest um deren Ellbogen. Für einen Außenstehenden wäre es nichts weiter als eine liebevolle Geste zwischen Mutter und Söhnen, aber Chase wusste, dass seine Mutter ihre beiden ältesten Söhne als Anker benutzte. Die Teilnahme an einer Veranstaltung mit dem gesamten Baron-Clan, vor allem, wenn sein Vater dabei war, konnte für sie eine emotional herausfordernde Erfahrung sein.

Heute Abend hatte seine Mutter gut durchgehalten. Sie hatte gelächelt und gelacht, und mehr als einmal hatte Chase den Eindruck gehabt, dass sie sich wirklich amüsierte. Ein- oder zweimal hatte er ein Schimmern in ihren Augen bemerkt, das ihm oder seinen Geschwistern einen Schauer über den Rücken gejagt hatte. Das Letzte, was jemand wollte, war, dass Millicent Baron auf einer Baron-Hochzeit einen Nervenzusammenbruch erlitt. Mehr als einmal, wenn er es eigentlich vorgezogen hätte, die Frau in die Arme zu schließen, der er seine Liebe gestehen wollte, war er stattdessen an der Seite seiner Mutter gelandet. Seine Geschwister ebenfalls, und alle hatten eine Art Schutzkreis um sie gebildet.

Die einzige Rettung war, dass sein Vater so vernünftig gewesen war, ohne Ehefrau Nummer vier zu erscheinen. Und Gott segne Nancy, sie hatte jedes aufgehängte Foto sorgfältig arrangiert, um seine Eltern auf verschiedenen zu zeigen, und trotzdem wirkte es kein einziges Mal unpassend. Sie war ein Superhirn. Kein Wunder, dass Andrew sie Wonder Woman nannte.

Chase tat so, als würde er dem Anschneiden der Torte zusehen, aber wie schon den ganzen Abend über verfolgte er jede von C.J.s Bewegungen. Jeden Tanz. Jedes Lächeln. Jedes Lachen. Wenn er sie nicht bald in seine Arme schließen könnte, würde er höchstwahrscheinlich den nächsten Typen schlagen, der sich ihr näherte. Auch wenn er zur Familie gehörte.

Bei den etwas zivilisierteren Erwachsenen gingen das Anschneiden der Torte und das gegenseitige Füttern ohne Probleme über die Bühne. Obwohl Nancy so tat, als wollte sie Andrew das ganze Stück ins Gesicht drücken, schob sie ihm stattdessen liebevoll einen Bissen in den Mund. Als er langsam seine Lippen um ihren Finger schloss und das kleine Stück Kuchen einsaugte, sagte jede Frau im Raum „Aaah!", und jeder Mann stöhnte innerlich auf.

„Ich kann immer noch nicht glauben, dass es eine Frau gibt, die diesen Jungen zähmen konnte." Millicent nahm die Hände von den Ellbogen ihrer Söhne, hob das Kinn, straffte die Schultern und trat vor. „Ich glaube, ich möchte das neueste Mitglied der Familie umarmen."

Ohne sich umzudrehen, schritt Millicent davon. Vielleicht war es ein Gefühl der Seelenverwandtschaft, ein Bedürfnis, einen Außenseiter auf seinem Weg zum

Baron zu begleiten. Was auch immer der Grund war, Chase fand, dass seine Mutter in diesem Moment wieder so war wie die Frau, an die er sich als kleiner Junge erinnerte.

„Es ist fast Mitternacht", sagte Craig, der seiner Mutter ebenfalls nachsah.

„Was? Du verwandelst dich um zwölf in einen Kürbis?"

Craig verdrehte die Augen und wandte sich seinem Bruder zu. „Diese Party endet um Mitternacht, Bruder."

„Aber sie haben gerade den Kuchen angeschnitten."

„Das war nur zur Show. Die Leute essen diese kleinen Mini-Cupcakes seit dem Ende des Abendessens."

Chase hatte selbst ein paar davon gegessen, und sie waren erstaunlich lecker gewesen. Wenn das, was Craig sagte, stimmte, dann lief Chase die Zeit davon. „Ich muss los. Kümmere dich um Mom!"

Craig nickte, und Chase eilte zum Bandleader.

C.J. stand wie angewurzelt da, als Chase auf die Band zueilte und nicht zu ihr. War sie eine Idiotin gewesen? Hatte sie die Bedeutung dieser kleinen Scharade in ihrem Herzen falsch eingeschätzt? Ihre Vereinbarung endete bald. Chase hatte das restliche Geld gestern noch vor Bankschluss auf Bevs Konto überwiesen. C.J. drehte sich langsam um und machte sich auf den Weg zu ihrem Platz. Sie wollte ihr Handtäschchen holen, zurück zur Suite gehen, packen und abhauen, bevor das glückliche Paar den Saal verließ.

Morgen früh würde sich die Familie zu einem letzten Frühstück im Resort versammeln, bevor sie das frisch vermählte Paar auf eine einmonatige Hochzeitsreise an ein geheimes Ziel im Südpazifik verabschiedete. Das war das einzige Ereignis, für das C.J. nicht eingeplant war. Bereits am Anfang hatte Chase angekündigt, dass sie am Sonntag nach Hause würde zurückkehren müssen. Ihre Woche war zu Ende.

„Ich habe dich gesucht."

Sie brauchte sich nicht umzudrehen, um zu wissen, dass Chase nur wenige Zentimeter hinter ihr stand. Sein warmer Atem in ihrem Nacken jagte ihr einen Schauer über den Rücken.

„Tanzt du mit mir?", flüsterte er.

Über ihre Schulter blickte C.J. in seine dunklen, blaugrauen Augen. Nichts auf dieser Welt hätte sie dazu bringen können, Nein zu sagen. Stumm nickte sie.

Chase verschränkte die Finger mit ihren, als er sie auf die Tanzfläche führte. Die Musiker spielten eine langsame, lockere Melodie. Sie kam ihr vage bekannt vor. Ein Kribbeln wanderte ihren Arm hinauf und breitete sich in allen Nervenenden aus. Auf dem Tanzboden wirbelte er sie in seine Arme. Nicht annähernd so nah, wie sie es sich gewünscht hätte, aber näher, als sie es sich noch vor fünf Minuten erwartet hatte.

„Ich kann meine Augen nicht von dir lassen", sang er leise.

Sie wagte es, den Kopf zu heben, und achtete nun darauf, welcher Song da gerade gespielt wurde. *You and Me* von Lifehouse. Die Gefühle, mit denen sie gekämpft hatte, wurden mit jeder Zeile aufgewühlt. Von der tickenden Uhr über das Stolpern über seine Worte, wie schön sie aussehe. Ihr Herz blieb fast stehen. Sie hatte das Gefühl, dass die Luft in ihren Lungen eingeschlossen wurde, und doch atmete sie weiter. Ihre Füße bewegten sich ebenfalls.

„Ich kann meine Augen nicht von dir lassen",

wiederholte er, als das Lied langsam zu Ende ging. „Es ist fast Mitternacht."

„Wirklich?", flüsterte sie, und ihre Stimme zitterte leicht.

„Unsere Vereinbarung ist bald zu Ende."

Sie sah so viel Feuer in seinen blaugrauen Augen. „Eine Woche", murmelte sie.

„Ich möchte neu verhandeln."

Sie waren immer noch auf der Tanzfläche, aber ihre Füße standen nun still.

„Etwas Persönliches."

„*Persönliches*?", wiederholte sie.

„Und Dauerhaftes."

„*Dauerhaftes*?"

Ein zartes Lächeln umspielte seine Mundwinkel. „Warum wiederholst du alles, was ich sage?"

Sie überlegte, ob sie die gleiche Antwort wie Anfang der Woche geben sollte, aber auf spielerisches Geplänkel hatte sie keine Lust mehr. „Ich möchte nicht missverstanden werden."

„Ich bitte dich, die Meine zu sein. Bleib bei mir. Bitte!"

„Nur für heute Nacht?"

Seine Augen weiteten sich leicht, als der Bandleader alle alleinstehenden Frauen aufforderte, vor dem letzten Tanz des Abends nach vorne zu kommen.

Er blinzelte und schüttelte den Kopf. „Ich sage das alles ganz falsch, oder? Der Gouverneur und Grandma haben sich auf den ersten Blick verliebt. Glaubst du an Liebe auf den ersten Blick?"

Sie nickte, ohne den Blick von ihm abzuwenden. „Ich glaube nicht daran, ich weiß es."

„Ich auch." Er holte tief Luft und stieß sie langsam wieder aus. „Wenn du ohne jeden Zweifel antworten kannst, dass du weißt, dass du es weißt, habe ich eine neue Frage an dich."

Emily und Eve traten neben sie, und Eve hatte noch eine jüngere Cousine im Schlepptau. „Komm, C.J.! Es wird Zeit, dass wir Single-Mädels uns den Strauß unter den Nagel reißen."

„Sie steht dafür nicht zur Verfügung." Chase machte sich nicht die Mühe, den Blick von ihr abzuwenden. „Oder?"

C.J. wandte sich an Eve. „Tut mir leid, aber ihr müsst den Strauß ohne mich fangen."

Emily blickte äußerst verwirrt drein, aber Eve grinste zufrieden und eilte zu den Frauen, die vor der Bühne standen.

C.J. hielt sich immer noch an Chase fest und stieß zitternd die Luft aus. „Das könnte kompliziert werden."

„Wie sich herausgestellt hat, mag ich es kompliziert." Chase küsste sie auf die Stirn. „Ich fürchte, wir haben eine Menge logistischer Probleme zu lösen."

Sie schloss die Augen. „Ich bin sehr gut in Logistik. Und in ein paar anderen Dingen."

„Ich habe auch einige Talente zu bieten." Seine Augen blitzten stahlblau auf, und sein Griff um sie wurde fester. „Ich liebe dich, Cassandra Jane."

„Ich liebe dich auch, Chase Baron."

Seine Lippen waren innerhalb einer Sekunde auf ihren. Die umstehende Menge brach in lauten Jubel aus. Die Leute schoben sich an ihnen vorbei. Der Bandleader rief nach allen alleinstehenden Männern. Und C.J. zog sich leicht zurück und murmelte gegen seine Lippen: „Sie rufen nach alleinstehenden Männern."

„Eine schöne Krankenschwester hat bereits mein Herz erobert."

„Und du meines."

Am anderen Ende des Raums beugte sich Lila Baron zu ihrem Mann. „Unsere Arbeit hier ist getan, James."

Der Gouverneur schaute von seinem Platz am Familientisch in die Richtung, in die seine Frau blickte, und zog die Brauen zusammen. „Ich weiß nicht so recht. Dieser starrköpfige Junge …“

Lächelnd drückte Lila die Hand ihres Mannes. „Aber ich weiß es, Liebling. Ich weiß es.“

EPILOG

„Alle Brüder stellen sich hier auf!" Die Hochzeitsplanerin stand im Foyer der Empfangshalle und winkte die Baron-Männer, die ziellos umherirrten, hektisch zu sich. Innerhalb weniger Minuten hatte sie die gesamte Hochzeitsgesellschaft und die Familie Baron in der längsten Schlange versammelt, die Kyle seit dem letzten Präsidentenball je gesehen hatte.

„Lächeln!" Eve stieß ihn mit dem Ellbogen an. „Das ist ein freudiger Anlass."

Die Hochzeit ja, die quälende Probeveranstaltung nicht wirklich. Die Familie hatte einen langatmigen Pfarrer ertragen, der detaillierte Anweisungen für die kirchliche Zeremonie gegeben hatte. Kyle und seine Brüder hatten die vorgeblichen Gäste zu ihren Plätzen begleitet, ihre Mutter und Großmutter eskortiert und dann für die Dauer der Probe in der Schlange vor dem Altar gestanden. Da C.J.s Vater verstorben war, als sie noch ein kleines Mädchen gewesen war, war ihre Mutter dazu bestimmt worden, sie zum Altar zu führen. Dem breiten Grinsen auf dem Gesicht der Mutter war zu entnehmen, dass diese sich freute, ihre Tochter zum Traualtar zu führen. Langsam. Äußerst langsam.

Jedes Mal, wenn sie den langen Gang der Familienkirche entlanggegangen waren, hatte der Pfarrer gerufen, sie sollten sich langsamer bewegen. Eine verletzte Schildkröte hätte es wahrscheinlich schneller den Gang hinunter geschafft. Die einzigen beiden Personen, die sich offenbar nicht darum geschert hatten, dass der Pfarrer sie eine Milliarde Mal hin und her hatte laufen lassen, waren die Braut und der Bräutigam gewesen. Für Kyle war es offensichtlich, dass seine Ohren verschwinden würden, wenn das Lächeln seines Bruders noch breiter wurde. Das Gleiche konnte man von C.J. sagen. Die Blicke der beiden klebten aneinander wie ein Magnetstrahl.

Tatsache war jedoch, dass die Freude auf den Gesichtern der beiden auch Kyle zum Lächeln brachte. Vielleicht war es nicht ganz so breit, und er hatte bestimmt nicht so viel Geduld mit dem Pfarrer wie die Turteltauben, aber er freute sich wirklich sehr für seinen Bruder. Und es war sogar noch besser, dass alle in der Familie C.J. nicht nur mochten, sondern sie geradezu anbeteten. Ganz zu schweigen davon, dass sie ihr für die Rettung von Siobhans Leben ewig dankbar sein würden. Und für den Gouverneur war ihr Status als Marine natürlich Gold wert. Der Mann hätte sich keine bessere Partie für seinen Enkel aussuchen können, selbst wenn er es versucht hätte.

„Das ist herzerwärmend, nicht wahr?" Eve trat neben ihren Bruder.

„Nicht gerade das erste Wort, das mir in den Sinn kam", erwiderte er und zuckte mit den Schultern, „aber ja, es ist cool, das zu sehen."

„Sie!" Die Hochzeitsplanerin wedelte mit den Armen hektisch in Eves Richtung. „Hier rüber zu den anderen Brautjungfern!"

„Ja, Ma'am", erwiderte Eve wie eine brave kleine Soldatin, und Kyle war sich ziemlich sicher, dass er ihre Absätze zusammenklacken hörte, bevor sie zu den anderen Frauen lief.

Er konnte es ihr nicht verübeln. Mehr als einmal hatte er den Drang gehabt, vor dieser Frau zu salutieren, obwohl er nie beim Militär gewesen war. Als die Hochzeitsplanerin schließlich verkündete, dass die Probe beendet war, folgte er der Menge eilig durch die Doppeltüren in einen kleineren Teil des Saals, der für ein gemütliches Essen hergerichtet worden war.

Als die Familie und die engen Freunde den Raum betraten, begann ein DJ sofort, Musik zu spielen. An Kyles Seite wippte seine Schwester Eve mit den Zehen. Von allen Barons, die seine Mutter und sein Vater geboren hatten, schien sie die einzige zu sein, die nicht zwei linke Füße geerbt hatte. Nicht, dass er und seine Brüder sich nicht auf der Tanzfläche behaupten konnten! Sie beherrschten Walzer und weitere Gesellschaftstänze. Eve war diejenige, die einen Tanz hinlegte, der einer Meisterschaft würdig war. Und in diesem Moment begann er sich zu fragen, ob Chase ihm etwas vorenthalten hatte.

Während sich alle an den Tischen niederließen oder an die Bar stellten, um sich einen Drink zu bestellen, nahmen die Braut und der Bräutigam den kleinen Bereich der Tanzfläche an einer Seite des Raumes ein.

„Ich schwöre, die beiden werden sich jeden Moment selbst entzünden." Craig reichte ihm ein kaltes Bier. „Ich weiß nicht, ob ich jemals zwei so verliebte Menschen gesehen habe."

Kyle hielt seinem Bruder sein Glas entgegen und stieß mit ihm an. „Amen und Gott sei Dank! Bei dieser verrückten Familie kann so viel Liebe nicht schaden."

„So schlecht sind wir nicht." Craig hob eine Schulter.

„Nicht schlimmer als die meisten, aber es passiert immer etwas, das uns auf Trab hält."

„Wahrscheinlich kommt dir das so vor, weil du der

Einzige bist, dem mehrere Autos mit dreihundert Sachen pro Stunde im Nacken sitzen."

Kyle zuckte mit den Schultern. Sein Job mochte vielleicht etwas riskanter sein als der seiner beiden Brüder, aber man konnte auch sterben, wenn man im Bad ausrutschte oder von der Veranda stolperte. Er genoss den Nervenkitzel seines Jobs und war froh, dass er nicht am Schreibtisch Wurzeln schlagen musste.

Der Song war zu Ende, und Chase drehte seine zukünftige Frau herum und machte eine leichte Verbeugung. So wie C.J. lachte und sich an ihn schmiegte, hatte er sie entweder genauso überrascht wie die Beobachter, oder es hatte einen Fehltritt gegeben, den Kyle nicht bemerkt hatte. So oder so, Lachen war ein großartiger Verbündeter. Er hatte schon vorher keinen Zweifel daran gehabt, dass die beiden es ernst meinten, aber jetzt war er sich noch gewisser, dass Chase und C.J. in die Fußstapfen ihrer Großeltern treten würden und nicht in die Fiaskos, die sein Vater als Ehe bezeichnet hatte.

„Und wer ist eurer Meinung nach der Nächste?" Eve stellte sich neben ihre Brüder.

Die beiden Männer antworteten unisono: „Ich nicht."

„Seht nicht mich an!" Eve schüttelte den Kopf. „Die Männer, die ich kennenlerne, wollen nur mein Geld oder Kontakte zu Mitch oder dem Gouverneur."

Kyle betrachtete seine Schwester ein paar Sekunden lang. Sie war ein brillanter, attraktiver und gutherziger Mensch. Jeder Mann könnte sich mehr als glücklich schätzen, wenn er ihr Herz gewinnen würde. Aber sie hatte nicht ganz unrecht. Der Name ihrer Familie zog eine Menge Leute mit Dollarzeichen in den Augen an. Sein Blick wanderte zu Chase und C.J. Kyle war zwar nicht auf der Suche nach einer langfristigen

Beziehung, aber wenn er sich jemals niederlassen würde, dann mit jemandem, der ihn so ansah wie seine künftige Schwägerin seinen Bruder. Vielleicht sollte er sich aber auch einfach an den Rennsport halten. Im Vergleich zu einer langfristigen Beziehung mit einer Frau erschien ihm das deutlich weniger riskant.

EXCERPT: KYLE: DU BIST

MEIN HAUPTGEWINN

„Willst du mir einen Herzinfarkt verpassen?" Kyle Barons Schwester Eve warf ihre Handtasche auf das weiße Ledersofa auf der Familienjacht und stemmte die Hände in die Hüften. „Hast du eine Ahnung, wie viele Jahre du gerade aus meinem Leben gestrichen hast?"

Mit nur einer Hand schenkte sich Kyle einen Drink ein.

Eve starrte ihren Bruder an. „Ein bisschen früh am Tag, um mit dem Trinken anzufangen, meinst du nicht?"

„Das wäre es, wenn es etwas Stärkeres als Cola wäre." Er trank einen Schluck von dem sprudelnden Getränk. „Ich nehme an, Gilbert hat dich angerufen?"

„Ja, hat er."

Die Schärfe in der Stimme seiner Schwester ließ ihm die Nackenhaare zu Berge stehen. Er tat sein Bestes, um bei dem giftigen Ton nicht zusammenzuzucken. „Und, was hat er gesagt?"

Die Hände immer noch fest in die Hüften gestemmt, starrte sie ihn mit düsterem Blick an. „In einer Mailboxnachricht wurde mir mitgeteilt, dass du Fallschirmspringen warst. Das allein ist nicht sonderlich beunruhigend, wenn man bedenkt, dass Geschwindigkeit und Risiko bei dir an der Tagesordnung sind. Wir sind alle daran gewöhnt. Das Problem ist der nächste Teil. Angeblich hattest du einen *kleinen* Unfall."

Er wagte nicht, ihr in die Augen zu sehen.

„Wie zum Teufel kann man einen *kleinen* Unfall haben, wenn man aus Tausenden von Metern aus einem Flugzeug springt?"

„Kann man nicht."

„Genau." Jetzt wippte sie mit dem Fuß. „Ich hatte Visionen von deinen blutigen Körperteilen, die kilometerweit über ein leeres Feld verstreut waren."

Jetzt zuckte er zusammen.

„Gott sei Dank hat mir das Krankenhaus mitgeteilt, dass du noch lebst, bevor ich Mom oder, noch schlimmer, den Gouverneur und Grandma angerufen habe. Die Nachricht, dass du einen Fallschirmsprungunfall hattest, hätte alle drei ins Grab bringen können. Jetzt brauche ich nur noch meinen Friseur, um meine dadurch entstandenen grauen Strähnen zu färben."

Er würde sich unbedingt mit Gilbert darüber unterhalten müssen, welche Informationen sein Manager an seine Angehörigen weitergab. In Kyles Beruf könnte der Tag kommen, an dem seine Einzelteile wirklich irgendwo herumlagen, und das sollte seiner Familie nicht in einer Mailboxnachricht mitgeteilt werden. „Es tut mir leid. Wirklich."

Schließlich ließ sie langsam ausatmend die Hände sinken, und ihr Gesichtsausdruck wurde weicher. „Warum konntest du nicht Buchhalter werden?"

Das brachte ihn zum Schmunzeln. Sein ganzes Leben lang hatte seine Mutter versucht, ihn in Richtung einer soliden Karriere zu lenken. Was sie wirklich gemeint hatte, war Sicherheit. Zum Leidwesen seiner

Mutter gab es nur wenige Dinge im Leben, die den Adrenalinstoß übertrafen, den man bekam, wenn man mit fast 300 Kilometern pro Stunde über eine Ziellinie fuhr. Wenn es um Nervenkitzel ging, egal ob an Land, auf dem Wasser oder in der Luft, war Kyle voll dabei. Zum Entsetzen seiner Familie hatte er sich für eine risikoreiche Karriere entschieden. Genauer gesagt, für den Rennsport. Es gab kaum etwas Besseres, als über eine Rennstrecke zu rasen und andere im Staub hinter sich zu lassen. Die einzige Karriere, die vielleicht noch belebender war als der Rennsport, war die eines Kampfpiloten. Beide Maschinen waren leistungsstark, erforderten geschickte Piloten mit starken Nerven und boten die Möglichkeit, höchste Geschwindigkeiten zu erreichen. Obwohl niemand daran zweifelte, dass Kyle ein Adrenalinjunkie war, der das Zeug zum Jetpiloten hatte, wusste er, nachdem er im Rampenlicht eines ehemaligen Marineoberts aufgewachsen war, dass es nicht sein Ding war, rund um die Uhr strenge Befehle zu befolgen. Er brauchte Freiheit und wollte tun, was er wollte und wann immer er es wollte.

So war er jetzt mit seiner völlig aufgelösten Schwester hier gelandet. Aber er verspürte nach wie vor die Sucht nach dem Adrenalinrausch, die das Fallschirmspringen stillen würde. Allerdings war er auf diese Weise drauf und dran, den Statistiken über die Lebensweise, die er führte, recht zu geben. Viele Fahrer ereilte das Schicksal nicht auf der Rennstrecke, wie manch ein Zuschauer vielleicht vermuten würde, sondern nach einem Rennen. Es gab nicht wenige, die eine Karriere hinter dem Lenkrad unbeschadet überstanden, nur um dann beim Skifahren oder beim Reinigen der Dachrinne zu verunglücken. Bislang war er unfallfrei davongekommen, aber er könnte sich innerhalb der nächsten sechs Wochen mit einem Gipsverband wiederfinden, allerdings nicht wegen eines Fehlers auf der Rennstrecke, und noch nicht einmal wegen eines Sprungs aus einem Flugzeug. Nein, sein gebrochenes Handgelenk würde auf ein Stück Seife zurückzuführen sein, auf dem er beim Duschen ausgerutscht wäre, nachdem er an einem sonnigen Tag erfolgreich Fallschirm gesprungen war.

„Wie lange wirst du ausfallen müssen?"

Die Worte rissen ihn aus seinen Gedanken über den dummen Sturz und die Herausforderungen, die seine Abwesenheit von der Rennstrecke für sein Team und den Ersatzfahrer bedeuten würde. Kyle suchte nach den richtigen Worten, um seine Schwester wenigstens ein bisschen zu beruhigen. „Vielleicht sechs Wochen."

„Vielleicht?" Sie hob eine Augenbraue höher als die andere, seufzte kopfschüttelnd und stand auf. „Ich glaube, ich brauche einen Drink."

„Ist es nicht ein bisschen zu früh, um mit dem Trinken anzufangen?", stichelte er.

„Es ist etwa fünf Uhr."

Kyle folgte seiner Schwester an die Bar und erkannte auf einmal, dass er mit nur einer heilen Hand in nächster Zeit keine Weinflaschen würde entkorken können. Wenigstens war die Verletzung während der Sommerpause passiert – einer der Gründe, warum er überhaupt zum Fallschirmspringen gegangen war. In den verbleibenden drei Wochen der Pause würde er bestenfalls ein oder zwei Saisonrennen verpassen.

„Also." Sie schenkte sich ein halbes Glas ihres Lieblings-Merlots ein. „Was ist der Plan?"

„Der Plan?"

„Ja. Du bist verletzt. Du könntest zwar die Schaltwippe bedienen, aber mit einer gegipsten Hand kannst du nicht schnell genug deinen Gurt lösen und das Lenkrad abnehmen, um dich für ein Rennen zu qualifizieren."

Dessen war er sich sehr wohl bewusst. Es half auch

nicht, dass das verdammte Handgelenk trotz der Medikamente, die ihm der Arzt verschrieben hatte, wie verrückt pochte. „Vorerst nicht fahren."

„Und aus Flugzeugen springen? Oder braucht man dafür zwei Hände?"

„Eine Hand reicht, aber ich habe nicht vor, das in nächster Zeit wieder zu tun."

„Sehr gut." Sie trank genüsslich einen Schluck von ihrem Wein. „Wenigstens muss sich dann keiner von uns Sorgen um dich machen."

Das brach ihm fast das Herz. Sosehr er es auch liebte, Rennen zu fahren, sosehr hasste er es, seiner Familie Sorgen zu bereiten. „Es tut mir wirklich leid, dass Gilbert dir Angst eingejagt hat."

„Ich weiß." Zum ersten Mal, seit sie auf die Jacht gekommen war, hoben sich ihre Mundwinkel zu einem müden Lächeln. Sie beugte sich vor und küsste ihn auf die Wange. „Ich habe eine Idee!"

„Sollte ich mir Sorgen machen?" Manchmal hatte seine brillante Schwester fantastische Ideen. Und manchmal, nun ja, waren er und seine Brüder besser dran, sich aus dem Staub zu machen.

Sie verdrehte die Augen. „Da du dich in den nächsten Wochen nicht umbringen kannst, solltest du dich auf der Ranch erholen. Grandma würde sich freuen, dich bei sich zu haben, und ich glaube, wenn du unter ihrem Dach lebst, wo du dir keinen Schaden zufügen kannst, werden wir diese kleine Verletzung besser verschmerzen können."

Seine kleine Schwester hatte nicht ganz unrecht. Das war gar keine so schlechte Idee. Eigentlich war es sogar eine ziemlich gute. Er liebte die Ranch so sehr wie die Jacht, aber vor der Küste vertäut, konnte die *Baroness* leicht erdrückend werden, besonders sechs Wochen lang. Ja, seine kleine Schwester hatte recht.

Die Ranch und die Fürsorge seiner Großmutter wären genau das Richtige für ihn.

Addison Raymond starrte auf den Bildschirm vor ihr, schüttelte den Kopf, nahm einen Bleistift in die Hand und kritzelte auf einen Notizblock.

„Ich verstehe nicht, wie du diese Dinger benutzen kannst!" Ihre Kollegin Jen stand in der Tür zu ihrem Büro.

„Du weißt, dass ich keine Minenschreiber mag." Schon als kleines Kind hatte sie es geliebt, mit gespitzten Bleistiften zu zeichnen. Minenschreiber hatten sich für sie immer stumpf angefühlt. Außerdem hatte das Surren eines elektrischen Bleistiftspitzers etwas Beruhigendes.

„Du bist möglicherweise auch die einzige Person im Gebäude, die tatsächlich Bleistifte spitzt."

„Das glaube ich nicht!" In ihrer Abteilung gab es viele alte Hasen, die noch mit Bleistift und Rechenmaschine arbeiteten. Ehrlich gesagt hatte sie keine Ahnung, warum genau diese Leute eine tief verwurzelte Abneigung gegen Software hatten. Da sie in ihrem aktuellen Projekt nicht vorwärtskam, legte sie den Bleistift beiseite, lehnte sich auf ihrem Stuhl zurück und lächelte ihre Kollegin an. „Kann ich dir helfen?"

Jen schüttelte den Kopf. „Nur, wenn du jemanden kennst, der eine Maschinenbauingenieurin sucht, die schon lange nicht mehr in diesem Bereich tätig war."

„Was? Warum?"

„Deb aus der Personalabteilung hat mir gerade erzählt, dass heute Morgen eine Notfallsitzung der Führungskräfte einberufen wurde."

Addison schaute den Flur hinunter. Von ihrem

Platz aus konnte sie den Besprechungsraum nicht sehen, aber sie hatte gesehen, wie der Vorstandsvorsitzende und ein paar andere hohe Tiere des Unternehmens vor ein paar Stunden aus dem Aufzug gestiegen waren. „Bist du sicher, dass es sich nicht um ein geplantes Meeting handelt? Du weißt ja, wie sehr die Jungs es lieben, voreinander anzugeben, und dafür jeden Vorwand nutzen."

„Schön wär's! Man munkelt, dass die Quartalsberichte vorliegen und desaströs sind. Die Vorhersage für das nächste Quartal ist auch nicht besser."

„Das wäre nicht das erste Mal, dass die Zahlen schlecht sind. Wir haben schon öfter Konjunkturabschwünge überlebt."

Jen setzte sich auf die Schreibtischkante. „Diesmal fühlt es sich anders an. Elektroautos und grüne Energie waren damals nicht so populär wie heute."

„Und galten auch nicht als politisch korrekt." Sosehr sie sich auch wünschte, dass es nicht so wäre, so bildete sich doch ein Knoten in Addisons Magen angesichts der schlechten Nachrichten und des Branchenklatschs. „Hoffen wir einfach, dass die Gerüchteküche sich geirrt hat."

„Ja, hoffentlich."

So schwierig es auch war, Addison bemühte sich zu lächeln. „Wie ich schon sagte, wir haben schon Schlimmeres überstanden."

„Dein Wort in Gottes Ohr!" Jen stieß sich vom Schreibtisch ab. „Ich werde zurück in mein Büro gehen. Für den Fall, dass du recht hast und ich noch einen Job habe."

„Das ist gut", erwiderte Addison kichernd. „Bewahre dir deine positive Einstellung!"

Jen verdrehte die Augen und winkte ihr mit einem Finger. Dann ging sie davon.

Addison griff nach ihrem gespitzten Bleistift und

konzentrierte sich wieder auf ihre anstehenden Aufgaben. Sie wusste, dass die Antwort direkt vor ihr lag, aber sie konnte sie einfach nicht sehen. Vielleicht war es Zeit für ein wenig frische Luft, um ihr Gehirn mit Sauerstoff zu versorgen. Zwischen ihrem Arbeitsplatz hier in der Stadt und ihrem Büro zu Hause verbrachte sie viel zu viel Zeit am Schreibtisch. Sie musste endlich aufhören, ihre Arbeit mit nach Hause zu nehmen. Mehr Zeit mit Freunden verbringen. Sich einen Film in einem richtigen Kino mit echtem Surround-Sound ansehen. Sie wagte nicht, darüber nachzudenken, wie lange es her war, dass sie eine Stunde mit jemandem verbracht hatte, der nicht auf der Gehaltsliste der Firma stand.

Sobald das Projekt abgeschlossen wäre, würde sie das tun. Aber jetzt schlenderte sie mit einer Wasserflasche in der Hand den Flur entlang und drückte auf den Aufzugsknopf. Eines der Dinge, die sie an der Arbeit in der Innenstadt von Houston zu dieser Jahreszeit liebte, war der Zugang zur Dachterrasse. Ein paar Minuten hoch über der Stadt würden ihr eine neue Perspektive bescheren.

Die Tür hinter ihr ging auf, und einer nach dem anderen verließen die Führungskräfte den Sitzungssaal. Leises Gemurmel erfüllte den schmalen Flur, das langsam zu einer erdrückenden Stille verebbte. Die Fahrstuhltür öffnete sich, und Addison war versucht zu warten, falls jemand etwas Wichtiges und hoffentlich Beruhigendes sagen würde. Aber dann überlegte sie es sich anders. Schließlich wurde sie fürs Arbeiten bezahlt und nicht fürs Lauschen.

Drei der Führungskräfte stiegen mit ihr in den Aufzug. Es herrschte Stille. Auf der Chefetage traten sie schweigend aus dem Lift. Die Knoten in Addisons Magen verdrehten sich noch mehr. Ihr Bauchgefühl sagte ihr, dass Jen recht gehabt hatte. Etwas sehr

Unangenehmes war in dieser morgendlichen Besprechung vorgefallen, und wenn sie sich am Ende nicht nach einem neuen Job würde umsehen müssen, dann hieße sie nicht Addison Lynn Ray.

ÜBER CHRIS KENISTON

Chris Keniston ist Autorin von vierzig zeitgenössischen Romanen und lebt mit ihrem Mann, zwei menschlichen Kindern und zwei Hundekindern in einem Vorort von Dallas. Obwohl sie beide Hunde gleichermaßen liebt, gibt sie zu, eine ganz besondere Bindung zu ihrem Deutschen Schäferhund aus dem Tierheim zu haben. Schließlich verdienen auch Hunde ein Happy End.

Auf www.chriskeniston.com erfahren Sie mehr über Chris Keniston und ihre Bücher.

Folgen Sie Chris' Montagsblog auf ihrer Website ChrisKenistonAutoren

Folgen Sie Chris auf Facebook unter ChrisKenistonAutorin

www.ingramcontent.com/pod-product-compliance
Lightning Source LLC
Chambersburg PA
CBHW061539310726
48972CB00008B/2525